I0680102

D'arc

Jeanne

surnommé la pucelle

D'Orléans

1809

JEANNE DARC,

SURNOMMÉE

LA PUCELLE

D'ORLEANS.

(Par Herbert d'après
Barbier)

JEANNE DARC,

SURNOMMÉE

LA PUCELLE D'ORLEANS,

POEME HÉROIQUE,

EN SIX CHANTS;

Par le sieur H...., de Bordeaux, membre correspondant de l'Athenée de la langue française.

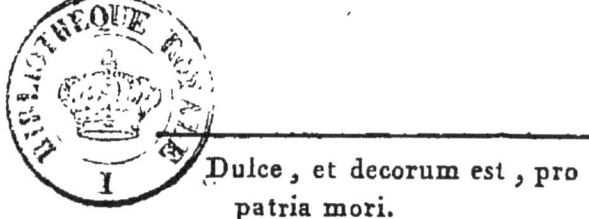

Dulce, et decorum est, pro patria mori.

A BORDEAUX,

CHEZ LAWALLE JEUNE , IMPRIMEUR-LIBR. ;
ALLÉES DE TOURNY, N'. 20.

M. D. CCC. IX.

Y

~~~~~~~~~~~~~~~~~~~~~~~~~~~~~~~~~~~~

AU BEAU SEXE
FRANÇAIS.

—

Françaises, c'est à vous que j'ose dédier
Cette esquisse légère, où j'essaye de chanter
L'honneur de votre sexe ; une femme immortelle,
Vaillante, infortunée, et vertueuse, et belle.
Tout ce que les Français ont fait de glorieux,
Depuis le temps de Darc, dans la paix, dans la guerre,
Leurs exploits, leur vaillance, était perdu pour eux ;
Si la France eût subi le joug de l'Angleterre.
Tributaires alors de nos grands ennemis,
Nous n'eussions travaillé que pour leur propre gloire;
Que pour fixer près d'eux le char de la victoire,
Et rendre l'univers à leur pouvoir soumis.
Obligés d'adopter leurs mœurs et leur langage,
Le temps nous eût rendu tous Anglais malgré nous.
Le Français si poli, si vif, si gai, si doux,
Eût perdu sa gaîté dans ce dur esclavage,
Et serait devenu taciturne, ombrageux,
Triste, morne, rêveur, sombre, dur, envieux.
Notre langue aujourd'hui, la langue universelle,

Qui semble être partout, la langue maternelle,
A celle des Anglais aurait cédé le pas.
Vous-mêmes (dont l'esprit, les grâces, les appas,
Et l'aimable enjouement, et le talent de plaire,
Rendent notre existence et si douce et si chère,)
N'auriez-vous pas perdu plusieurs de vos attraits ?
O ! que nous vous devons, beau sexe, de bienfaits !
Si la France est puissante, indépendante, illustre,
Elle vous dut jadis sa liberté, son lustre.
L'honneur du nom Français sans doute était perdu,
Si l'étonnante Darc n'avait point combattu.
Et si nous vous aimons jusqu'à l'idolâtrie,
Ah ! c'est qu'une Française a sauvé la Patrie.
J'ai voulu célébrer sa gloire, sa valeur,
Son infortune extrême ; et si ce faible ouvrage,
Françaises, obtenait votre brillant suffrage,
Ce prix serait pour moi, bien doux et bien flatteur.

JEANNE DARC,

SURNOMMÉE

LA PUCELLE D'ORLÉANS.

CHANT PREMIER.

L'HOMME a reçu du ciel la valeur en partage;
La femme rarement obtient cet avantage,
La crainte, la foiblesse et la timidité,
Suivent, le plus souvent, les grâces, la beauté.
Cependant quelquefois on voit des héroïnes
Réunir la valeur aux grâces féminines ;
Sous les drapeaux de Mars rassembler des soldats,
Les armes à la main les guider aux combats,
Par leur rare vaillance emporter la victoire,
Et se couvrir ainsi d'une éternelle gloire.
Telles les anciens ont vu Sémiramis (*),
Zarine, Bodicée, Amage, Tomyris,
Seïdar, Sparéthra, Cléophis, Zénobie ;
Artemyse, Cyna, Camille, Archidamie.
Les modernes Ulun, Clisson, Montfort, Vanda,

_____

(*) On trouvera à la fin de cet ouvrage les notices
sur la vie de ces femmes célèbres.

Fourré, Grasse, Lacharce, Harcourt, Laisné,
  Zinga,
 Henrici, Balagni, Tournon, Balmont, Ogine,
Senaictaire, d'Anjou, Barbançon et Ursine;
Et bien d'autres encor, dont les faits immortels,
Font l'admiration des plus braves mortels.

Je chante les combats, et cette illustre fille,
Qui née dans les champs, d'une obscure famille,
Sut dans un âge tendre, arracher aux Anglais,
Malgré tous leurs efforts, le sceptre des Français;
Et par d'heureux exploits affermit sur son trône,
Un roi qui se laissait enlever la couronne;
Qui sans regret de lui la voyait s'éloigner,
Et qui ne savait pas ou périr ou reguer.

O! muse! dis-moi donc, par quel heureux pro-
  dige,
Un prince possédé de l'esprit de vertige,
Prêt à subir le joug d'un voisin odieux,
Dut son salut, sa gloire aux efforts glorieux,
De cette incomparable et célèbre héroïne,
Suscitée pour lui par la bonté divine.

Le faible Charles VII commençait à reguer
Sur le peuple français, et semblait dédaigner
Ce haut rang, envié de tous tant que nous sommes,
Mais duquel cependant sont dignes si peu d'hom-
  mes.

Ce prince inappliqué , tendre et voluptueux ,
Tout entier occupé de fêtes et de jeux ,
Passait dans les plaisirs et la galanterie ,
Des jours qu'il aurait dû donner à la Patrie :
Voyait sans s'étonner , sans voler aux combats ,
Les Anglais posséder presque tous ses états ,
Et poursuivant partout le cours de la victoire ,
Mettre à le détrôner leur bonheur et leur gloire.

Quoiqu'il vit ses malheurs sans en être confus
Charles VII cependant n'était pas sans vertus.
Il était généreux , sensible , doux , affable ,
D'une franchise rare , et d'une humeur aimable.
Sa parole toujours fut parole de Roi ,
De la tenir en tout se faisant une loi :
Aimant la vérité , d'une équité sévère ,
Bon maître , bon ami , bon époux et bon père.
Mais dans ces temps de honte et de calamités
Il lui manquait encore avec ces qualités ,
Les talens d'un guerrier , les vertus d'un grand
      homme.
Pour vaincre, pour chasser les anglais du royaume,
Et réparer les maux qu'un père malheureux ,
A l'État avait fait , quoiqu'il fut vertueux.

Ce prince possédait une adorable épouse ,
Plus que lui de son rang, de son honneur jalouse ,
Une maîtresse rare , et de qui la beauté ,
Quoique parfaite , était la moindre qualité.

Dont le cœur noble et grand , dont l'ame mag-
    nanime ,
La rendent à jamais digne de notre estime;
Pour avoir aux combats excité son amant,
Et porté vers la gloire un monarque indolent.
Il eut outre cela l'estimable avantage ,
D'avoir des généraux pleins d'honneur, de cou-
    rage ,
Experts dans les combats , et brûlans de venger ,
Les excès odieux qu'un perfide étranger ,
Enflé de ses succès , commetait dans la France ,
Et qu'il osait porter jusques à l'insolence.

Cependant le royaume était presque aux abois ;
Les Anglais y dictaient leurs tyranniques lois.
Maîtres de tout le Nord , et de la Capitale ,
Ils voyaient tout céder à leur valeur brutale.
La fortune sur eux répandant ses faveurs ,
En comblait chaque jour ces farouches vainqueurs,
Et portait à l'excès leur étonnante audace.
Ils assiégeaient alors Orléans. Cette place ,
Pour ces temps-là, très-forte, et en très-bon état,
Succombant , entraînait le reste de l'État.
Par le vaillant Dunois elle était défendue.
La France en sa faveur justement prévenue ,
Ne pouvait pas remettre en de meilleures mains ,
Le salut de l'État, ainsi que ses destins.
Des braves habitans , une troupe choisie ,
Jalouse de verser son sang pour la patrie ,

Sur les pas de Dunois, combattait vaillamment ;
Le héros admirait leur noble dévouement ;
Mais, malgré leurs efforts et leur haute vaillance,
Après une pénible et longue résistance ,
Cette ville qu'envain défendait les Français ,
Etait prête à tomber au pouvoir des Anglais ;
Qui par cette importante et brillante conquête ,
Auraient de Charles VII complété la défaite ,
Lorsque par un prodige , admirable , inouï ,
Orléans fut sauvé des mains de l'ennemi.

Auprès de Vaucouleurs, était née une fille ,
Vertueux rejeton d'une pauvre famille ,
Qui vivait dans les champs et dans l'obscurité ,
Que le sort destinait à l'immortalité.
Jeanne Darc est son nom. C'était une bergère ,
L'ornement du village où demeurait son père.
Des traits fins , réguliers , un teint brun et hâlé,
Une voix assez pleine, un regard animé ,
Un air plein de candeur , un extérieur modeste ,
Un corps robuste et sain , une démarche leste ,
Un grand éloignement pour un honteux repos ,
Le cœur d'une Vestale, et l'ame d'un héros ;
Telle était cette fière et illustre Amazone,
Que ses vertus rendaient digne d'une couronne.
Habile à manier avec dextérité ,
Dès sa tendre jeunesse , un coursier indompté ,
Et se faisant un jeu de ce noble exercice ,
D'un esprit élevé le naturel indice.

Par là s'accoutumant à la peine, aux dangers,
Qu'elle avait déjà su se rendre familiers.
Malgré ses agrémens, son sexe, sa jeunesse,
Elle suivit toujours la voie de la sagesse;
Nul ne put se flatter de régner sur son cœur;
De l'Amour, de Vénus il demeura vainqueur;
Même aux regards de tous, sa vertu parut telle,
Qu'elle lui mérita le surnom de Pucelle;
Titre qu'elle a rendu fameux dans l'univers,
Qui ne la sauva pas du plus cruel revers.

La valeureuse Darc, dès sa plus tendre enfance,
Entendait raconter les malheurs de la France,
Qui lui faisaient haïr ces superbes Anglais,
Dont quelques traits honteux souillaient tous les
     succès.
De leur joug odieux cette illustre ennemie,
Aurait voulu pouvoir affranchir sa patrie,
De leurs prospérités interrompre le cours,
Dut elle à cet effet sacrifier ses jours.
Tels les trois Decius, d'immortelle mémoire,
Périrent pour donner à Rome la victoire.
Prosternée souvent aux pieds des saints autels,
Elle adressait de cœur, ses vœux aux immortels,
Sur-tout à St.-Michel, patron de son village,
Dont son église offrait en sculpture une image,
Qui le représentait les armes à la main,
Terrible et sous ses pieds foulant l'esprit malin.
Cette image à ses yeux chaque jour exposée,

S'était dans son esprit profondément gravée.
Lucifer lui semblait un odieux Anglais,
Et l'archange Michel, le sauveur des Français,
D'un peuple généreux embrassant la défense,
Et ramenant la paix au milieu de la France.
Cet espoir agitant fortement ses esprits,
Et son ame et ses sens en étaient si ravis,
Que dans le calme heureux où le sommeil nous
    plonge,
Une nuit elle crut voir St.-Michel en songe,
Lui disant : « dans les cieux on est content de toi ;
» Jeanne, du tout puissant apprends qu'elle est
    la loi ;
» C'est toi qu'il a choisi pour délivrer la France;
» Pour tirer des Anglais une juste vengeance.
» Il veut que dans leur île ils se retirent tous,
» Il les a réprouvés et les livre à tes coups.
» Ils ont trop abusé des droits de la victoire,
» Va, combats, et mérite une éternelle gloire ».
De cette vision frappée vivement,
Jeanne Darc en sursaut, s'éveille au même instant,
Et crut que ce n'était qu'une trompeuse idée.
Mais ce songe trois fois s'offrant à sa pensée,
Lui sembla du ciel même un saint commandement,
Auquel elle devait souscrire aveuglément.
Jalouse de montrer sa prompte obéissance,
Elle attendit le jour avec impatience,
Et lorsque le soleil eut doré l'horison,
Elle se rend au temple, y fait son oraison ;

Puis adresse ces mots au saint de son village :
» O, bienheureux Michel! suis-je donc assez sage,
» Pour que le Roi du ciel daigne employer mon bras
» A guider les Français au milieu des combats,
» Et de mon souverain rafermissant le trône,
» Arracher aux Anglais la plus belle couronne.
» S'il est vrai qu'un songe ait quelque réalité,
» Ah! venez au secours de ma timidité.
» Grand Saint, de votre part qu'un signe me ras-
    sure,
» Et m'excite à tenter cette grande aventure ».
Elle dit : par hasard la statue soudain,
Laisse tomber le fer quelle avait à la main.
C'était une ancienne et redoutable épée,
Qu'un chevalier fameux de retour de Judée,
Après s'être illustré du temps de Godefroy,
Contre les ennemis de notre sainte loi,
Consacra dans ce Temple en action de grâce,
Des glorieux succès de sa pieuse audace.
Ce glaive demeura suspendu quelque temps
Aux voûtes de l'église, et depuis bien des ans,
On en avait armé le bras de la statue,
Qui du grand St.-Michel offrait à tous la vue.
A ce signe équivoque, à cet heureux aspect,
Jeanne se prosterna saisie de respect.
Elle crut que c'était, la divinité même
Qui lui manifestait sa volonté suprême,
Et ramassant ce fer à ses pieds étendu,
Qu'elle croyait du ciel un don inattendu,

Elle ne douta point que cette arme terrible ,
Ne dut rendre son bras désormais invincible.
   Le brillant avenir qui s'offrait au grand cœur
De Jeanne , redoublait son zèle et son ardeur.
Embrâsée d'un feu vraiment patriotique ,
Et brûlant de combattre un vainqueur tyrannique,
De punir ses hauteurs, ses discours insultans ,
De rendre les Français heureux et triomphans ;
Elle prend d'un guerrier le costume ordinaire ;
S'éloigne sans tarder de son humble chaumière,
S'achemine à grand pas vers le lointain séjour ,
Où Charles VII tenait sa très-modeste Cour.
On sortait d'un hiver de fort longue durée,
La terre par les eaux trop long-temps humectée,
N'offrait aux voyageurs que des chemins affreux,
Qu'en ce temps les brigands rendaient très-dan-
   gereux.
Rien ne peut arrêter l'intrépide Pucelle ,
Que la gloire envisage , et la patrie appelle.
La longueur du chemin , la pluie , les frimats ,
Loin de les retarder accéléraient ses pas.
Sans doute un dieu puissant veillait sur cette belle,
Détournait les dangers et les éloignait d'elle.
Elle arrive à Chinon sans aucun accident.
C'est là que végetait un prince insouciant ;
Tous les jours occupé de plaisirs et de fêtes ,
Pendant que les Anglais étendaient leurs con-
   quêtes ,
Vivant dans l'apathie , et fuyant les combats ;

Souffrant qu'un ennemi ravage ses états.
Ce Roi plein de santé, de vigueur, de jeunesse,
S'abandonnait sans honte à l'indigne molesse,
Et lorsque ses sujets pour lui versaient leur sang,
Il se montrait peu fait pour le suprême rang.
Quel contraste étonnant! cette admirable Jeanne,
Que le destin fit naître une simple paysanne,
Osait tout, bravait tout, pour secourir son Roi;
Tandis que de ses sens écoutant trop la loi,
Ce monarque insensible à l'honneur, à la gloire,
Sans en frémir voyait le char de la victoire,
De ses fiers ennemis suivre les étendarts,
Et fixer dans leur camp les faveurs du dieu Mars,
Un de ses généraux, l'intrépide Lahire,
Sut lui faire sentir quel était son délire.
D'une affaire très-grave un jour l'entretenant,
Charles loin d'écouter un avis important,
Montre à ce général les apprêts d'une fête;
Destinée à l'objet dont il est la conquête,
Sur cela veut savoir sa façon de penser,
Comme si ses apprêts devaient l'intéresser.
« Sire, lui répondit le brave gentilhomme,
» On ne peut plus gaiement perdre un si beau
    royaume ».

~~~~~~~~~~~~~~~~~~~~~~~~~~~~

CHANT SECOND.

———

Partout, le nom de Roi semble si précieux,
Qu'il n'est point de mortel qui n'en soit envieux.
Combien la royauté cependant est trompeuse !
Point de condition , qui soit plus épineuse
Lorsqu'on veut en remplir les obligations.
Un bon Roi doit dompter toutes ses passions ;
Il se doit tout entier aux peuples qu'il gouverne,
Doit toujours s'occuper de ce qui les concerne ,
Et de tous ses devoirs uniquement jaloux ,
S'immoler s'il le faut pour le salut de tous.
Si les dieux l'ont fait roi ce n'est pas pour lui-même,
C'est afin qu'il emploie l'autorité suprême ,
A rendre heureux tous ceux qui vivent sous ses lois.
Oui, c'est pour les sujets qu'ont été faits les Rois.
Ils leur doivent leur temps , et leurs soins, et leurs
    peines.
O ! que la royauté cache de lourdes chaînes !
L'histoire nomme peu de princes excellens ,
Elle en nomme beaucoup qui furent des tyrans.

Charles ne l'était pas , mais son insouciance ,
Augmentait chaque jour les malheurs de la France.
Loin d'agir , de combattre un superbe ennemi

Qui l'avait détrôné déjà plus qu'à demi.,
Et de périr en Roi sur les marches du trône,
Il préférait céder tout-à-fait la couronne.
Il avait résolu de fuir en Dauphiné,
Dans les bois, les rochers, de vivre confiné.
Pour relever du Roi le timide courage,
Plusieurs moyens sont mis vainement en usage;
Il allait consommer son entier deshonneur,
Et céder aux Anglais le prix de la valeur,
Quand Jeanne vint sauver et la France et son
   prince,
En l'empêchant de fuir au fond de la province.

On la vit à Chinon au moment où Valois,
De l'honneur de son rang méconnaissant la voix,
Voulait abandonner le trône de son père,
Pour languir accablé de honte et de misère.
Sans tarder Jeanne Darc se présente au Palais,
Et demande à parler au monarque Français.
Son ingénuité, sa beauté, sa jeunesse
Attirent les regards. Autour d'elle on s'empresse.
On désire savoir quel avis si pressant,
Elle avait à donner au monarque indolent.
Elle ne cache point le sujet qui l'amène,
Dit qu'elle vient sortir son souverain de peine,
Terminer ses malheurs, lui rendre ses états,
Et punir les Anglais de tous leurs attentats;
Et croyant devoir faire entière confidence,
Elle déclare aussi son sexe, sa naissance.

Le songe qu'elle a fait, l'auguste mission
Dont elle était chargée, et la protection
Qu'elle avait juste droit d'attendre du ciel même,
Dont elle exécutait la volonté suprême.
Ces mots loin d'attirer sur elle le respect,
Rendirent son discours extrêmement suspect.
On la crut tout au moins une visionnaire,
Et des ris insultans furent tout le salaire
Qu'elle reçut alors des fades courtisans,
Tels qu'on en voit souvent dans les palais des
    grands.
A cette jeune fille on refuse l'entrée,
Parce qu'on supposait sa raison égarée.
Vainement elle insiste, on ne l'écoute pas,
Et la garde la fait retourner sur ses pas.
Quoique d'un tel accueil Jeanne fut indignée;
Sa grande ame pourtant n'en fut pas ébranlée.
Ah ! pour abandonner ses glorieux projets,
Elle était trop sensible aux puissans intérêts,
Qu'en devait retirer son prince et sa patrie,
Sa résolution était trop affermie ;
Mais elle se retire attendant le moment,
De pouvoir jusqu'au Roi parvenir aisément.

    Cependant on apprend qu'une jeune bergère,
A la Cour a paru, dont l'ame noble et fière,
Inspirée d'en haut prétendait aux Anglais,
Renvoyer tous les maux qu'ils faisaient aux Fran-
    çais.

La nouvelle parvint jusques à Charles même,
Qui voulut de ce fait s'assurer par lui-même,
Ne pouvant concevoir qu'une fille des champs,
Put en agir ainsi qu'aux dépens du bon sens.
Il se fit amener cette fille étonnante ;
Elle accourt avec joie, humblement se présente,
Et mêlant aux respects une noble fierté,
Elle dit à son prince avec naïveté :
» Gentil Dauphin, j'ai nom de Jeanne la Pucelle.
» Le Roi du ciel, à qui je fus toujours fidelle,
» M'envoit à votre Cour, c'est pour vous secourir ;
» Pour mon pays, pour vous je veux vaincre ou
    mourir.
» S'il vous plait me donner quelques hommes de
    guerre,
» Je rabattrai l'orgueil des guerriers d'Angleterre;
» Je leur ferai lever le siège d'Orléans,
» Et malgré le grand nombre et les efforts constans
» De tous vos ennemis ; je saurai vous conduire
» Dans la ville de Rheims, où serez très-beau Sire,
» Sacré roi; car c'est là l'exprès commandement
» Que j'ai reçu du ciel ; avec empressement,
» Je suis venu vers vous afin de vous le dire ;
» Dieu veut qu'en son pays l'ennemi se retire,
» Et qu'il vous laisse enfin votre royaume entier,
» Comme en étant vous seul légitime héritier ».
Ses paroles, son air, et ce ton d'assurance,
Ce qu'elle promettait de faire pour la France,
Servirent à la Cour de divertissement,

Et chacun plaisantait sur cet événement.
Charles loin de sentir le mérite de Jeanne,
En elle ne vit rien qu'une simple paysanne,
D'un esprit exalté par quelque vision,
Et moins digne d'honneur que de compassion.
Il voulut que l'on fît au sein de sa famille,
Sous sa protection ramener cette fille ;
De laquelle en ce temps il ne fit aucun cas,
Ne croyant pas qu'un jour il devrait à son bras,
Le salut de l'état, son honneur, sa couronne,
Le bonheur des Français et la splendeur du trône;
Tant il est vrai souvent que les faibles humains,
Dédaignent le bonheur qui s'offre dans leurs mains.
Mais quelques bons Français guidés par la pru-
    dence,
Pensèrent que le Roi dans cette circonstance,
Sans rien mettre au hasard pouvait facilement,
Tirer un grand parti de cet événement.
Ils sentaient de quel prix, de quel grand avantage
Pourraient être à l'Etat la vertu, le courage,
De cette enthousiaste, et quelle impulsion,
Pourrait en recevoir toute la Nation.
Les peuples épuisés, les troupes rebutées,
Par des revers sans nombre étaient découragées.
Le Français accablé de honte et de douleur
Avait presque oublié son antique valeur.
La France, vaste champ de malheurs, de carnage,
Des horreurs de la guerre offrait partout l'image;
Partout on rencontrait des armes, des soldats,

L'Anglais semblait traîner la terreur sur ses pas.
La France en mille endroits inculte et ravagée,
Ne pouvait pas fournir aux besoins de l'année.
Les denrées étaient d'un prix exhorbitant.
Chacun avec excès se voyait indigent.
Nombre de gens mouraient de faim et de misère.
On gémissait d'avoir le tendre nom de père,
Et les cœurs consternés de tant de maux affreux,
Pour en sortir, à peine osait former des vœux.

Il ne fallait rien moins qu'un prodige, un miracle,
Qu'un être qui parlât au nom de quelque oracle,
Pour relever le cœur des Français abattus,
Et rappeler en eux leurs antiques vertus.
Ce prodige parût, mais on n'osait y croire ;
Le Roi sur-tout eut cru compromettre sa gloire,
D'accepter le secours d'une fille sans nom,
Pour relever l'Etat, ainsi que sa maison ;
Mais il ne craignait, pas par une indigne fuite,
De voir l'ignominie et la honte à sa suite.
La reine tâche envain de faire entendre au Roi,
Qu'avant de subir des fiers Anglais la loi,
Il devait essayer tous les moyens possibles,
Afin de repousser ces ennemis terribles ;
Que le bras qui s'offrait pour finir ses malheurs,
Méritait son estime et les plus grands honneurs ;
Que l'exemple de Jeanne enflammerait l'armée,
Et pourrait de l'état changer la destinée.
Mais contre Darc le Roi plein de prévention ,

Refusa de se rendre à ses réflexions ;
Et prenant son parti , donna l'ordre à sa suite
De lui tout préparer, pour une prompte fuite.

La belle Agnès Sorel fit alors un emploi
Bien noble, du pouvoir qu'elle avait sur son Roi.
Elle en était aimée avec idolâtrie ;
Charles la préférait à son trône , à sa vie ;
Cet objet pour son cœur était toujours nouveau.
La nature jamais ne fit rien de si beau.
Celle pour qui jadis les Grecs prirent les armes,
Avait moins d'agrémens , possédait moins de
     charmes;
Les traits les plus parfaits , un air plein de douceur,
Une bouche vermeille , un sourire enchanteur,
Un son de voix charmant , et un teint admirable,
Un esprit délicat , un caractère aimable;
Le ton le plus décent , un œil voluptueux ,
Une taille de nymphe , un port majestueux ;
Telle était la beauté , telle était la maîtresse ,
Qui du faible Valois captivait la tendresse.
Voyant que son amant ne voulait plus régner ,
La belle Agnès lui dit qu'elle allait s'éloigner
De sa Cour ; qu'un devin de science profonde
Prédit qu'elle plairait au plus grand roi du monde;
Que puisqu'il renonçoit à ce nom glorieux ,
Et semblait dédaigner le rang de ses ayeux ,
Elle allait se fixer près du roi d'Angleterre ,
Le prince en ce moment le plus grand de la terre,

Sachant le mieux régner, conquérir des états,
Donnant de la valeur, l'exemple à ses soldats;
Qui sacrifiant tout au désir de la gloire,
Enchaînait sur ses pas le char de la Victoire.
Valois extrêmement et chagrin et surpris;
Qu'Agnès voulut passer parmi ses ennemis;
Sentant ce que de lui voulait sa favorite,
Peut-être rougissant de son peu de mérite,
Promit de se régler suivant ses volontés,
De lui soumettre enfin toutes ses facultés,
Et de ne plus souffrir qu'un ennemi superbe
Traitât le roi de France ainsi qu'un jeune imberbe.
De son stratagème Agnès voyant l'effet,
De l'avoir employé s'applaudit en secret.
Elle engage son prince à mieux accueillir Jeanne,
A la considérer, non comme une paysanne,
Mais comme une héroïne, en qui l'ambition,
Etait bien au-dessus de sa condition;
Qui dans l'ame brûlait d'un vrai patriotisme,
Sentiment vertueux, source de l'héroïsme;
Qu'une femme guidant les Français aux combats,
Les verrait tous voler avec joie sur ses pas;
Que pour ce peuple humain, généreux et sensible,
C'était le vrai moyen de le rendre invincible.
Le sentiment d'Agnès ne fut point combattu,
L'Amour fit en ce jour triompher la vertu.
Charles ravi de voir que sa belle maîtresse,
Justifiait si bien son choix et sa tendresse,
Pour elle quel que fut l'excès de son amour,

Le sentit (s'il se peut) redoubler en ce jour ;
Et voulant lui donner une preuve nouvelle
Du vif attachement qu'il ressentait pour elle ;
Il envoit chercher Jeanne. Un accueil distingué
La vengea de l'affront qui lui fut prodigué ,
Lorsqu'à la Cour parut cette jeune héroïne ,
Pour la première fois. Son air , sa bonne mine ,
Mieux remarqués alors , enchantèrent la Cour ,
Elle fut le sujet de l'entretien du jour ;
Les uns la regardaient comme une femme rare ,
Et telle que le ciel en est long-temps avare ;
D'autres ne croyaient pas que sa condition ,
Lui permit d'illustrer un jour sa Nation.
C'est ainsi que jugeant sur sa simple apparence,
Nos jugemens sont pleins d'erreur et d'impru-
  dence.

Le Roi fait cependant rassembler des guerriers,
Qui tous impatiens de cueillir des lauriers ,
Sous le commandement de l'illustre Amazone ,
S'engagent de périr, ou d'affermir le trône ,
En chassant de la France un superbe ennemi ,
Brave sans doute , mais cruel plus qu'à demi.
Du Roi, Jeanne reçoit une armure éclatante ,
Dont se servait jadis une reine charmante,.. (33).
D'un courage étonnant , du cœur le plus loyal.
Ces armes se gardaient dans le trésor royal.
Un parfait ouvrier les avait fabriquées ,
Avec un art divin il les avait gravées.

On y voyait d'abord Pharamond et ses Francs,
Qui traversaient le Rhin, et nouveaux conquérant
Faisaient fuir devant eux ces Romains si terribles
Jusques à ce moment réputés invincibles,
Et fondaient un état les armes à la main,
Sur les débris sanglans de l'empiré Romain.
Ces Francs par leur valeur à nulle autre seconde,
Rendirent cet état le plus puissant du monde.
On voyait Pharamond , le premier de nos Rois
Autour du camp français porté sur un pavois ;
Cérémonie alors qui faisait reconnaître
Celui que les Français avaient choisi pour maître
Après venait Clovis , ce monarque payen ,
Qui de nos souverains fut le premier chrétien.
Il paraissait aux pieds de ce grand personnage
De St.-Remi , du ciel lui parlant le langage ,
Qui des eaux du baptême ondoyant ce grand Roi
Imprimait sur son front le sceau de la vraie foi,
Près de lui paraissait Clotilde , son épouse ,
Du salut de son prince uniquement jalouse ,
Qui faisait éclater sa joie et son bonheur ,
De voir Clovis chrétien échapper à l'erreur.
Ensuite, on y voyait ce Maire plein de gloire ,
Ce Martel qui menait avec lui la victoire ,
Dont le bras de la France assurant les destins,
Dans les plaines de Tours vainquit les Sarrasins,
Le héros à grands pas parcourait son armée,
Qui par ses seuls regards au combat animée,
Sur les fiers Musulmans tombant de toutes parts,

De la guerre bravait les plus affreux hasards.
Les Sarrasins surpris de ce bouillant courage,
Paraissaient animés de fureur et de rage.
Mais malgré leurs efforts sur tous les points forcés,
Ils étaient tous tués, ou pris, ou dispersés ;
Il ne restait plus rien de cette armée immense ,
Qui quelques jours avant fesait trembler la France.
Avec feu ce combat était exécuté.
Après cela l'artiste avait représenté,
Avec ses douze pairs, l'étonnant Charlemagne,
Auquel il ne fallait qu'une seule campagne ,
Pour réduire à ses pieds les plus puissans États ;
Qui toujours commandait lui-même ses soldats.
Au milieu de St-Pierre on voyait ce grand homme,
Recevant par les mains du Pontife de Rome
Le sceptre impérial pour prix de ses exploits ,
Qui l'avaient élevé par-dessus tous les Rois.
Le temple était rempli par une foule immense ,
Qui du joug des Lombarts sauvée par la France,
S'écriait à l'aspect de son libérateur,
Vive Charles le grand, invincible Empereur.
On y voyait encor ce Roi juste et sévère,
Et si religieux, que l'église révère ;
Qui près de Taillebourg triomphant des Anglais,
Et les forçant de faire une solide paix ,
Pour un temps assoupit leur implacable haine.
On voyait ce bon prince assis au pied d'un chêne ,
Écoutant ses sujets sans hauteur et sans choix,
Et les jugeant lui-même avec d'égales lois.

B

Il avait près de lui l'équité, la justice ;
A pas pressés fuyaient la fraude et l'artifice.
Le grand et le petit, le riche et l'indigent,
Trouvaient un père en lui tendre et compatissant.

  Jeanne qui se couvrit de ces superbes armes,
Parut aux yeux de tous en avoir plus de charmes.
Son regard plein de feu, son air mâle et guerrier,
Promettaient à l'État déjà plus d'un laurier.
Elle n'oublia pas de ceindre cette épée,
Que du pays natal elle avait apportée.
Elle monte un coursier écumant et fougueux,
Dans tous ses mouvemens vif et impétueux,
Aussi prompt que les vents, et fier et intrépide,
Docile cependant à la main qui le guide ;
Tel que ceux que Castor domptait pour les com-
    bats.
Des guerriers pleins d'ardeur se pressaient sur
    ses pas.
Telle on nous peint Diane en partant pour la chasse
De nymphes entourée, à la plus noble audace.,
Unissant la décence avec la majesté,
Et fixant les regards par sa mâle beauté.
Jeanne presse ses pas pour rejoindre l'armée,
Qui non loin de Chinon se trouvait rassemblée.
On l'accueille aux éclats de mille et mille cris.
Tous veulent sur le champ marcher aux ennemis,
Et pour ne pas laisser refroidir ce grand zèle,
On part aux cris bruyans de vive la Pucelle.

~~~~~~~~~~~~~~~~~~~~~~~~~~~

CHANT TROISIÈME.

—

Sɪ le vice odieux naît de la passion,
Les vertus sont le fruit de l'émulation.
Grand nombre de mortels sont jaloux de la gloire,
De voir leurs noms inscrits au temple de mémoire.
Mais de tous les moyens d'acquérir cet honneur,
Celui que les combats offrent à la valeur,
Fut toujours le plus noble et le plus magnanime,
Et celui qui nous met dans la plus haute estime.
Sur ce point sont d'accord toutes les nations,
Quelles que soient leurs mœurs et leurs opinions.
Oui, ce qui peut le plus illustrer notre vie,
C'est de savoir verser son sang pour la patrie.
Cette vertu toujours fut celle des Français.
L'armée aussi brûlait de joindre les Anglais.

Après trois jours entiers d'une marche forcée,
On aperçut les tours de la ville assiégée.
Cet aspect répandit la joie dans tous les cœurs;
Et déjà les Français se regardaient vainqueurs.
Jeanne appelle les chefs qui se rangent près d'elle.
Un feu presque divin dans ses yeux étincelle.
Les généraux sentaient certaine autorité,
A laquelle ils cédaient tous sans difficulté,

Et comme accoutumés à cette obéissance ;
Sur le haut d'un coteau la guerrière s'avance,
Pour voir des ennemis les dispositions,
Et après avoir fait quelques réflexions,
Elle juge qu'il faut tout à coup les surprendre,
Et ne pas leur donner le temps de nous attendre.
Elle attaque leur camp, tandis que les Anglais
Croyaient encor loin d'eux l'armée des Français,
Elle sème partout le trouble et l'épouvante,
Et renverse à ses pieds tout se qui se présente.
Tel un bon moissonneur au temps de la moisson,
Fait tomber sous sa faux les épis à foison.
Incapable d'effroi, l'intrépide bergère
A plus d'un ennemi fait mordre la poussière,
Elle perce d'abord le jeune Carmarthen,
Engagé depuis peu sous les lois de l'hymen,
Avec l'aimable Anna, si modeste et si sage.
Ce jeune homme ennuyé d'un si doux esclavage,
Le désir d'illustrer et son nom et son bras,
Le porte à la quitter pour voler aux combats.
Il avait en partant promis à son épouse,
De tous ses sentimens extrêmement jalouse,
De revenir bientôt triomphant et heureux,
Déposer à ses pieds les dépouilles de ceux
Qu'il aurait terrassés dans les champs de la gloire,
Et d'elle recevoir le prix de la victoire.
Mais, hélas ! il devait ne la revoir jamais.
Un coup fatal détruit sa vie et ses projets.
La tendre et belle Anna d'une cruelle absence

Supportant le s rigueurs avec impatience ;
Apprend que de l'objet de ses chastes amours ;
Le fer impitoyable avait tranché les jours.
D'un si funeste coup trop vivement émue ,
Dans les bras de sa sœur elle tombe éperdue.
Ses beaux yeux sont noyés d'un déluge de pleurs ;
Ses longs gémissemens annoncent ses douleurs.
D'un destin rigoureux détestant l'injustice ,
Elle accuse le ciel d'en être le complice ,
Et voulant partager de son époux le sort ,
Anna , la tendre Anna , demande au ciel la mort.

Jeanne fait éprouver la même destinée,
A nombre d'ennemis qu'immole son épée ;
A George Cliffort, né de l'un de ces guerriers ,
Qui prirent le roi Jean au combat de Poitiers ;
A Nottingham , égal à Pollux dans la lutte,
Qui chaque jour au camp avait quelque dispute;
Au superbe Crawfort , intrépide chasseur,
Dans les forêts souvent exerçant sa valeur ,
Contre les durs sangliers, contre les ours farouches;
A Rochester , sorti des plus illustres souches ,
Qui de quelques succès un peu trop orgueilleux,
Ne prisait que lui seul et ses nobles ayeux ;
A Cardigan Galois , dont la force et la taille ,
Se fesaient remarquer le jour d'une bataille ;
Le plus fort des Anglais et le plus glorieux.
L'audace, la fureur se peignaient dans ses yeux ;
Il tenait à la main une lance terrible,

Avec quoi cet Anglais se croyait invincible.
Dès qu'il vit la Pucelle, il crut que sans efforts,
Il allait l'envoyer dans le séjour des morts.
Il méprisait son bras, sa taille, sa jeunesse,
Et pour la terrasser il s'avance, il s'empresse.
« C'est bien à toi, dit-il, avec ce faible bras,
» A vouloir nous ravir la gloire des combats.
» Va.t'en, enfant, va t'en parmi les tristes ombres
» Exercer ta valeur dans les espaces sombres ».
A ces mots, il lui porte un coup si violent,
Qu'il l'eût sacrifiée à son emportement.
Mais l'héroïne à temps sut éviter la lance,
Et sur son ennemi rapidement s'élance.
Elle enfonce son fer dans le cœur de l'Anglais,
Qui vomit en tombant un sang noir et épais.
Il veut encor parler, sa langue défaillante,
Se refuse aux transports de son ame expirante.
De leur étonnement, les Anglais revenus,
Frémissant de se voir cette fois prévenus,
Rassemblent promptement leurs troupes disper-
    sées,
Et contre les Français de courroux enflammées.

Cependant de Dunois pour sauver Orléans,
La valeur, les efforts étaient insuffisans ;
Même il avait déjà perdu toute espérance,
De pouvoir conserver cette ville à la France ;
Lorsqu'on vient l'avertir que nos fiers ennemis,
Par une vive attaque avaient été surpris.

Mais ce grand général n'écoutant que son zèle,
Craignit que ce ne fut une fausse nouvelle.
Il vole vers les murs , et du haut des remparts ,
Reconnaît des Français les brillans étendarts ,
Flottans au gré des airs, au milieu de la plaine,
Qui, d'armes, de chevaux, de guerriers était pleine.
Aisément il entend le bruit des combattans.
Dunois prompt à saisir ces précieux instans , _
Rassemble ses guerriers et se met à leur tête,
Sort, et sur les Anglais fond comme la tempête.
Il rencontre d'abord Rollon , brave Normand,
Aussi fort et adroit que le fameux Roland ,
Qui souvent dans le cours de cette affreuse guerre,
Avait du sang Français ensanglanté la terre ;
Qui crut dès qu'il le vit, que le vaillant Dunois,
Allait par sa défaite illustrer ses exploits.
Leurs yeux étincelaient d'une fureur guerrière;
Ils brûlaient de noyer dans leur sang leur colère.
Tels un fier léopard , un lion furieux ,
Prêts à se dévorer se menacent des yeux.
Dunois, Rollon, tous deux sont pleins d'impa-
    tience ,
L'un sur l'autre soudain en même-temps s'élance.
D'un bras nerveux , terrible, ils se frappent tous
    deux ,
De leurs glaives brillans s'élance mille feux ;
Sous les coups redoublés leurs armes retentissent;
Ne pouvant se blesser , les deux guerriers fré-
    missent.

Enfin Dunois surprend son farouche rival,
Le perce et le renverse aux pieds de son cheval,
Laissant aux siens le soin d'achever sa victoire,
Il vole où l'appelaient et l'honneur et la gloire.
En courant il abat Foulques, seigneur de Dreux,
Qui montait un coursier brillant, impétueux,
Qu'il avait fait nourrir dans les vastes prairies,
Arrosées par l'Eure et en tout temps fleuries ;
L'heureux Belfort, vainqueur d'un énorme dragon
Qui long-temps désola le pays d'Alençon ;
L'impétueux Staford qui semblable à Scéphale,
Avait sans le vouloir tué sa femme Isdale.
Depuis ce temps en proie au plus sombre chagrin,
Il ne cherchait qu'à faire une honorable fin.

Dunois et ses guerriers ayant joint la Pucelle,
Au milieu d'ennemis étendus autour d'elle,
Les Français aux Français se voyant réunis,
En poussèrent de joie vers le ciel de grands cris.
Cette réunion ranime leur audace,
De nos cruels rivaux présage la disgrace.
Ceux-ci pour lors ayant rassemblé leurs soldats,
On vit recommencer l'un des plus grands combats,
Que se fussent livrés la France et l'Angleterre,
Depuis que ces Etats entr'eux avaient la guerre.
Ce terrible combat devenu général,
On combattit d'abord d'un avantage égal.
Chaque parti se bat sans calculer sa perte ;
De morts et de mourans la plaine était couverte ;

L'air était obscurci d'un nuage de traits ;
La rage, la fureur portées à l'excès,
Bannissaient la pitié loin de ces deux armées ;
Par une vieille haine au carnage animées.
L'impitoyable mort volai' de rang en rang ;
Les combattans nageaient dans des fleuves de sang.
A travers les horreurs d'une affreuse mêlée,
L'intrépide Pucelle à l'épaule est blessée.
Loin que cette blessure intimide son cœur,
Elle en accroît encor sa force et sa valeur:
« Quoiqu'il puisse arriver, quelque sang qu'il
    m'en coute,
» Dit-elle, les Anglais seront mis en déroute » ;
Et redoublant d'ardeur pour finir le combat ;
Chaque coup qu'elle porte, à ses pieds elle abat'
Un de ses ennemis. Chacun des siens l'imite,
De tant de résistance et s'étonne et s'irrite.
Plutôt que de céder, plutôt que de s'enfuir ;
Aux yeux de Jeanne, tous veulent vaincre ou
    mourir ;
Elle triomphe enfin. La résistance est vaine.
La victoire pour nous cesse d'être incertaine.
Tout tombe, tout s'enfuit, tout cède à tant d'efforts;
Tel un vaste torrent qui franchissant ses bords,
Brise, entraîne, détruit dans ses affreux ravages,
Les moissons, les troupeaux, les bergers, les
    villages.

Les Anglais dispersés s'enfuyaient à grands pas;
Après avoir perdu leurs plus braves soldats.

B 2

Leur général voulant rallier ce qui reste ,
Employait vainement et la voix et le geste.
Ils ne l'écoutaient pas , pressés par la frayeur ,
Et sentant derrière eux un ennemi vainqueur ,
Irrité d'une longue et vive résistance ,
Animé par la haine ainsi que la vengeance ,
Et par le souvenir des maux et des malheurs ,
Qui long-temps des français firent couler les pleurs.

La Pucelle voyant la victoire assurée ,
De ce premier succès ne fut point ennivrée ,
Et ne voulant cueillir que d'illustres lauriers ,
Arrêta la valeur de ses bouillans guerriers.
Contente d'avoir mis les ennemis en fuite,
Elle charge Boussac d'aller à leur poursuite:
Pour elle rassemblant ses bataillons épars ,
Et faisant réunir drapeaux et étendarts ,
Enlevés dans ce jour à l'armée ennemie ,
Heureuse d'avoir fait triompher sa patrie ,
Elle s'avance alors vers les murs d'Orléans ,
Que n'environnaient plus de nombreux assiégeans.
Auprès d'elle marchaient d'Alençon et Lahire,
Vendôme, Chatillon, Dunois, Destaing, de Vire,
Montmorenci, Laval, Poton, Culant, d'Harcourt ,
Latrimouille , Dolon , Cabanes et Gaucourt,
Et tant d'autres guerriers de grande renommée ;
A la suite desquels venait toute l'armée,
Qui , se joignant bientôt avec les habitans ,
Font de leurs cris de joie retentir Orléans.

Elle entre, et sur ses pas chacun court et s'empresse,
En répandant des pleurs d'amour et d'allégresse,
Et dans l'effusion et de l'ame et du cœur,
S'écriait, *vive Darc, notre libérateur.*
Elle avance à pas lents au milieu de la foule,
Qui va, vient et recule, et redouble, et s'écoule ;
Comme on voit de la mer, lorsque souffle le vent,
Les flots tumultueux sans cesse en mouvement.
Elle se rend au temple, et entrant toute armée,
Elle rend grâce aux cieux de l'heureuse journée,
Qui des ses jeunes ans l'illustrait à jamais,
Et promettait des jours plus heureux aux Français.
Elle leur offre aussi les drapeaux que l'armée,
Dans ce jour glorieux devait à son épée.
Aux voûtes de l'église ils furent suspendus
Pour l'honneur des vainqueurs, la honte des
    vaincus.

Après qu'elle eut fini sa fervente prière ;
L'armée accompagna la pieuse guerrière,
Que suivirent aussi les acclamations
D'un peuple, la comblant de bénédictions.
Jeanne fait cependant visiter sa blessure,
Dont l'inflammation, la profondeur, l'enflure,
Lui fesaient ressentir une vive douleur,
Mais qu'avait su braver sa généreuse ardeur.
Le feu de l'action l'avait si fort aigrie,
Que pendant quelques jours on craignit pour sa vie.
Ce sinistre avenir, cette appréhension,

Jeta dans tous les cœurs la consternation.
Tous eussent préféré mourir pour l'héroïne,
Qui retirait l'État d'une assurée ruine.
Dans les temples chacun allait offrir un don,
Pour demander au ciel sa prompte guérison.
L'alarme était partout, et l'on ne pouvait croire,
Que les Français sans elle obtiendraient la victoire.
Le ciel pour cette fois la rendit à leurs vœux,
Et cet événement les rendit tous heureux.
Dans la ville, hors la ville, on ne voyait que fêtes ;
Les plaisirs et la joie montaient toutes les têtes.
Les grands et les petits, généraux et soldats,
Nobles et roturiers, citoyens, magistrats,
Ne pouvaient se lasser d'admirer la Pucelle,
Et tant de qualités qui reluisaient en elle.
Ce grand attachement était le digne prix,
Des glorieux travaux qu'elle avait entrepris,
Pour rendre le bonheur et la paix à la France,
En la débarassant de la triste présence,
D'ennemis acharnés à faire son malheur,
En sémant en tout lieu le carnage et l'horreur.

CHANT QUATRIÈME.

—

Qu'est-ce que la noblesse? Un frivole avantage,
Pour celui qui n'a pas de mérite en partage ;
Qui vain et orgueilleux, comme un bien superflu ,
Regarde les talens, le savoir, la vertu.
Le vrai noble est celui dont le cœur magnanime,
Sait au—dessus de tout placer sa propre estime ;
Qui loin de se jacter du nom de ses ayeux,
De les égaler tous témoigne être envieux.
C'est le mortel qui né d'une famille obscure,
S'efforce de venger ce jeu de la nature.
Par sa rare valeur, ses grandes qualités ,
Dans ce que veut l'honneur, met ses félicités.
L'ame seule ennoblit. Est—elle généreuse ,
Belle, compatissante, et grande, et vertueuse ?
On est noble en effet, mais on ne l'est jamais,
Lorsqu'on fait son plaisir des vices, des forfaits.
Qui plus que Jeanne Darc mérita la noblesse ?
Qui plus qu'elle pourtant naquit dans la bassesse?
Elle dut à son bras son illustration ;
Des héros égala la réputation ,
Et par une valeur presque surnaturelle ,
Se couvrit d'une gloire à jamais immortelle.

Après avoir donné quelques jours de repos,
Aux guerriers devenus à sa voix des héros,

Elle suivit le cours de l'heureux avantage
Qu'elle avait remporté. La terreur, le carnage,
Passèrent du côté de nos grands ennemis,
Furieux qu'un État presqu'en entier soumis,
Echapât à leur joug odieux, tyrannique,
Et qu'on y rétablit l'alégresse publique.
Jeanne leur enleva Gergeau, Meung, Beaugency.
Les Anglais accourus pour sauver celle-ci,
Arrivèrent trop tard. Ils font alors retraite,
Suivis par les Français, la Pucelle à leur tête.
Sous les murs de Patay, les ennemis atteints,
De livrer le combat se trouvèrent contraints.
Ils étaient commandés par un grand capitaine,
Par ce fameux Talbot dont l'implacable haine
Contre le nom français, n'eut jamais rien d'égal,
Qui long-temps à la France avait tant fait de mal.
Il range promptement ses soldats en bataille,
Fond sur nous, et frappant et d'estoc et de taille,
Il culbute d'abord les premiers bataillons,
Que formaient les Picards ainsi que les Bretons.
Le duc de Richemont, connétable de France,
Que distinguait son nom ainsi que sa vaillance,
Commandait l'avant-garde. Il accourt aussitôt
Pour secourir les siens que foudroyait Talbot.
Il voit tous ses soldats dans un affreux désordre,
Et fait tous ses efforts pour les remettre en ordre.
Mais le vaillant Talbot les pressait vivement,
Et ne les laissait pas respirer un moment.
Il est environné de morts et de carnage,

Dans le sang des Français avec plaisir il nage.
Plusieurs braves guerriers succombent sous ses
   coups.
Il immole Nosay qu'on surnommait le Doux ;
Tant il était aimable, et d'humeur peu sévère ;
Bouligni dont le noble et ferme caractère,
Se fesait estimer des chefs et des soldats ;
Courcelles , dès long‑temps fameux dans les
   combats ,
Par sa rare valeur, sa force et son adresse ;
Pontorson , qui malgré son extrême jeunesse,
D'un chevalier fameux illustre rejeton,
Déjà s'était acquit un glorieux renom ;
Le comte de Noyal , l'honneur de sa famille ,
Aussi beau que Narcisse, aussi vaillant qu'Achille.

Richemont qui voyait ses plus fermes guerriers,
Renversés près de lui par les coups meurtriers
De Talbot , frémissant de douleur et de rage,
S'efforçait jusqu'à lui de se faire un passage.
Mais d'ennemis nombreux il est environné ;
Par ses propres Soldats il est abandonné.
Il ne cherche dès‑lors qu'à vendre cher sa vie.
Sur tout ce qui l'entoure il frappe avec furie.
Sanglant, percé de coups , ce prince allait périr,
Lorsque fort à propos on vient le secourir.

Jeanne qui conduisait le centre de l'armée,
Parait en cet instant, et sans être alarmée ,

De voir que les Français fuyaient de toutes parts ;
Elle court sur leurs pas , appelle les fuyards ,
Qui voyant auprès d'eux l'invincible Pucelle,
S'arrêtent sur le champ, se rangent autour d'elle,
« Français, où courez-vous, dit-elle, suivez-moi ,
» Songez à votre honneur, à la patrie, au Roi ».
A ces mots , à sa voix, sur eux toute puissante ,
Ils ne connaissent plus la crainte et l'épouvante.
Ils reprennent leur rang , retournent au combat,
Et veulent réparer leur honte avec éclat.
Talbot qui voit qu'on vient lui ravir la victoire,
Encourage les siens, rappelle à leur mémoire,
Ce temps où les Français, souvent les plus nom-
    breux ,
Fuyaient à leur aspect, n'osant tenir contre eux.
Le choc fut des deux parts également terrible,
Et trouva des deux parts un courage invincible.
La présence de Jeanne animait les Français.
Tant de succès passés soutenaient les Anglas.
Il semblait à les voir, qu'une telle journée ,
Des deux peuples devait fixer la destinée.
Tous se mêlent, et tous combattent vaillamment,
Jamais on n'avait vu pareil acharnement
Entre deux nations. Une valeur brutale
Remplissait tous les cœurs d'une rage infernale.
Français ainsi qu'Anglais, soldats et généraux ,
Tous étaient altérés du sang de leurs rivaux.
La mêlée devint sanglante, épouvantable,
Offrant de toutes parts le spectacle effroyable ;

de morts et de mourans , de vaincus , de vainqueurs ;
De massacres affreux, de vengeance et d'horreurs.

Talbot cherchait partout l'étonnante Pucelle ;
Se flattant qu'aisément il triompherait d'elle ,
Et qu'ayant abattu cet appui des Français ,
La victoire serait toute entière aux Anglais.
Il méprisait son sexe, encore plus sa naissance.
S'indignait qu'on parlat de sa haute vaillance ,
Présumant que la fraude et la prévention ,
Formaient de Jeanne Darc la réputation.
Il crut l'apercevoir au milieu de la plaine ;
Il court , il vole , il veut l'immoler à sa haine.
Il trouve au lieu de Darc le vieux comte de Retz ;
L'attaque avec fureur , le renverse à ses pieds ;
A nombre de guerriers fait mordre la poussière,
Sans pouvoir assouvir son ardente colère.

Dès le commencement de ce combat fameux ;
Jeanne ayant invoqué l'assistance des cieux ,
Pousse alors son coursier au fort de la mêlée ;
Du sang des ennemis elle teint son épée.
Elle attaque et abat le jeune Valory,
Qui du Roi d'Angleterre était le favori ;
Qui jaloux d'illustrer son nom par sa vaillance ;
Croyait qu'il suffisait de se montrer en France
Les armes à la main pour cueillir des lauriers,
et se faire placer au rang des grands guerriers.

Jeanne du premier coup le jette sur la place,
Et avec tout son sang s'écoule son audace ;
Elle renverse aussi, sans peine et sans efforts,
Un Anglais étourdi, l'imprudent Jamesfort,
Qui de quelques succès ayant enflé son ame,
Ne croyait pas périr par la main d'une femme ;
L'intrépide Dermouth, déjà sur son déclin,
Qui jadis combattit contre ce Duguesclin,
Lequel sut sur ses pas enchaîner la victoire,
Et contre les Anglais mérita tant de gloire ;
Colchester qui vainquit, en combat singulier,
Le fameux Mont-Dauphin renommé chevalier
Elle abattit encore Romeville, normand,
Jeune homme plein d'ardeur, aussi beau que ga-
    lant,
Qui devait épouser l'intéressante Elise,
Fille du Lord Suffolk, et qui lui fut promise ;
Si des bords de la Loire il revenait vainqueur.
Il ose attaquer Darc qui lui perce le cœur,
Et le force à fermer pour jamais sa paupière.
Il tombe en s'écriant, roule sur la poussière.
Ses yeux noirs sont couverts des ombres du trépas,
On voit défigurer ses traits si délicats.
Sa bouche où se peignaient les perles et les roses,
Des larmes de zéphirs nouvellement écloses,
Dont l'aurore naissante a semé l'horison,
Se flétrit et ne peut faire entendre aucun son.
Jeanne même eut pitié de ce jeune homme aimable
Et son cœur s'attendrit sur son sort déplorable.

Elise ayant appris la mort de son amant,
S'évanouit, cédant à son saisissement.
Un instant a flétri sa jeunesse et ses charmes ;
A tout ce qui l'entoure elle arrache des larmes.
Elle reprend ses sens, hélas! c'est pour souffrir ;
Rien ne peut la calmer que l'espoir de mourir,
Et d'aller retrouver l'objet pour qui son ame,
Ressentait les ardeurs de la plus chaste flamme.
On lui présente envain des consolations,
Son cœur ne se rend point à ces illusions.
Toute entière aux douleurs dont elle est déchirée,
A gémir nuit et jour cette belle obstinée
Prend en dégoût le monde et toutes ses douceurs,
Ne trouve de plaisir qu'à répandre des pleurs,
Et va se renfermer dans l'un de ces asiles
Consacrés aux vertus paisibles et tranquilles ;
S'engage à servir Dieu par des vœux solennels,
Et s'enchaîne à jamais au pied de ses autels.

Cependant Jeanne apprend que des Français
  vainqueurs,
Talbot de tous côtés répandait la terreur ;
Que devant lui les siens fuyaient à pas rapides ;
Comme dans les forêts on voit des cerfs timides,
Fuir devant les chasseurs dont ils sont poursuivis,
Traversant les coteaux, les plaines, les taillis.
A ce triste récit la Pucelle indignée,
Vole pour ranimer cette troupe effarée.
Elle pousse un grand cri que Talbot entendit.

Malgré lui ce guerrier en fut tout interdit.
Jeanne bientôt le joint. Le sang et la poussière,
Donnaient un air terrible à l'illustre guerrière,
Qui frémit en voyant la preuve des succès
Que venait d'obtenir le général Anglais.
Celui-ci dès qu'il voit l'admirable héroïne,
Montre dans ses regards la joie qui le domine.
Considère en pitié sa jeunesse , son rang.
Et brûle d'abreuver la terre de son sang,
« C'est donc toi,lui dit-il,qui dans l'art de la guerre,
» Prétends mettre à tes pieds les héros d'Angleterre.
» Ton Roi ne rougit point de se servir de toi ,
» Pour relever son trône et nous donner la loi.
» C'est sans doute au moyen d'une affreuse magie
» Que de ton bras tu sers ton prince et ta patrie.
» Talbot qui ne craint pas ton courage infernal,
» Peut-être en ce moment te deviendra fatal ».
Il dit , et comme un trait tombe sur la Pucelle.
Le choc fut si puissant qu'elle cède et chancelle;
Mais sur ses étriers reprenant son aplomb ,
Sur Talbot à son tour vivement elle fond.
L'Anglais à plus de force et plus d'expérience.
Jeanne Darc plus d'adresse et moins de pétulence;
Le premier est rempli d'une aveugle fureur ;
L'autre maîtrise mieux et son bras et son cœur.
Des coups qu'ils se donnaient les échos retentis-
    sent ,
Et tous les combattans eux-mêmes en frémissent.
Mille coups sont donnés et parés , ou reçus.

Le dur acier en rend beaucoup de superflus.
Ils se font cependant tous les deux des blessures ;
Le sang s'épanche et coule à travers leurs armures.
Enfin Jeanne d'un bras par la gloire animé,
Fait voler de l'anglais le heaume fracassé.
« Rends toi, lui crie-t-elle, ou tremble pour ta vie.
» Me rendre, dit Talbot, méprisable ennemie ;
» Connais-moi, vil objet, je ne me rendrai pas,
» Dussai-je de ta main recevoir le trépas ».
A ces mots il lui porte un coup épouvantable.
De Darc l'armure était d'une trempe admirable,
Le fer glisse sur elle, et tandis que Talbot,
Veut relever le bras, la Pucelle aussitôt,
D'un coup si furieux l'atteignit à la tête,
Que du brave Talbot le bras soudain s'arrête.
Il tombe de cheval ; un sang noir, écumeux,
Coule de sa blessure et lui couvre les yeux.
Le plus grand des guerriers qu'eut alors l'Angle-
    terre,
Tout couvert de son sang se roulait sur la terre.
Son glaive étincelant échappe de sa main.
Il veut se relever, mais il le tente envain ;
Il meurt, et le blasphème et l'injure à la bouche,
Et conservant encor son air dur et farouche.

C'est ainsi que périt ce fameux général ;
Sa mort, de la déroute a donné le signal.
L'Anglais ne songe plus qu'à conserver sa vie ;
L'effroi s'est emparé de l'armée ennemie,

Dont on ne voit bientôt que de tristes débris ;
Presque tous les Anglais étant tués ou pris.
Cet échec abattit leur orgueil, leur puissance ;
Présageait qu'ils seraient expulsés de la France ;
Que l'heureux Charles VII recouvrant ses états,
Aux Français resterait la gloire des combats.
Après ce grand exploit la Pucelle entourée ;
Des braves généraux qui l'avaient secondée,
Se rend auprès du Roi. Ce Prince la reçoit
Avec tous les honneurs qu'à ses vertus il doit.
La nomme hautement l'appui de sa personne,
La gloire de l'état, et le soutien du trône.
Des peuples elle obtient des tributs mérités,
Et qui mettent le comble à ses félicités ;
Digne et glorieux prix que la reconnaissance
Des Français, présentait à sa haute vaillance.

~~~~~~~~~~~~~~~~~~~~~~~~~~~~~~~~~~

CHANT CINQUIÈME.

——

Assemblage étonnant et de bien et de mal ,
L'homme est-il tout-à-fait semblable à l'animal ?
N'est-il qu'un composé d'eau , de feu , d'air ,
    d'argile ,
Que le trépas réduit en une cendre vile ?
Quand sa vie finit, qu'il cesse d'exister ,
Survit-il à lui-même ou meurt-il tout entier ?
Et n'a-t-il point en lui cette essence divine ,
Qui du ciel même tient sa sublime origine ?
Dieu lui réserve-t-il un brillant avenir ,
Ou ne l'a-t-il créé que pour l'anéantir ?
Mais, si c'est le néant que l'homme doit attendre,
Qu'a-t-il besoin d'un Dieu qu'il ne saurait com-
    prendre ?
A quoi peut lui servir un culte, des autels,
Si c'est pour le néant que naissent les mortels ?
Sophistes , qui croyez n'être rien que matière ,
Quoi , l'immortalité serait une chimère ?
Et que réservez-vous à l'homme vertueux ,
Qui pour l'être se rend très-souvent malheureux,
S'il ne doit pas compter sur une ame immortelle,
De la divinité , magnifique étincelle ,
Qui des sens dégagée, au séjour des élus,

Doit aller recevoir le prix de ses vertus ?
Triste et affreux néant, système absurde, infâme,
Qui dessèche le cœur, et qui dégrade l'ame,
Quand l'immortalité l'élève et l'agrandit,
L'homme de bien te hait, le pervers t'applaudit.
Belle immortalité, doux besoin d'un cœur tendre,
Celui qui de t'aimer peut toujours se défendre,
Ne sent pas vivement le prix des noms si doux,
De fils, d'amant, de frère, et de père et d'époux.
Il ne sentit jamais son ame déchirée,
Par la perte d'un fils, d'une épouse adorée:
Peut fait pour l'éprouver, la céleste amitié
Ne saurait de son cœur occuper la moitié.
Des plus vifs sentimens, les plaisirs les alarmes
N'ont jamais de ses yeux arraché quelques larmes.
O! noms chers et sacrés, et de père et d'époux,
Dont, dans tout l'univers les hommes sont jaloux,
Et qui les unissez par de si tendres chaînes,
Le trépas pour toujours ne peut les rendre vaines.
Si la mort nous ravit ceux que nous aimons tant,
Ils nous seront rendus par un Dieu bienfaisant,
Pour goûter les douceurs d'une union nouvelle,
D'une félicité devenue éternelle.
Et vous, qui par la mort m'avez été ravis,
Vous que j'ai tant aimé, mère tendre, cher fils,
Qui coûtez tant de pleurs à mon ame attendrie,
Pour vous aimer encor j'attends une autre vie.
Vainement je voudrais renoncer à l'espoir
Si consolant, si cher, si vif, de vous revoir,

Mon ame chérit trop cette calmante idée,
Et ne peut du néant soutenir la pensée.
Si l'immortalité n'est enfin qu'une erreur,
N'est-elle pas cent fois préférable à l'horreur
D'un néant qui n'est bon qu'à rassurer le crime,
Et rendre la vertu sa dupe et sa victime.
Jeanne pensait ainsi. Son cœur droit, ingénu,
Avait été formé pour chérir la vertu ;
De ce qu'elle fesait pour le bien de la France,
N'attendant que du ciel la juste récompense,
Le néant lui semblait un horrible cahos,
Et l'immortalité, le désir des héros.
Remplie du beau feu qui l'avait inspirée,
De voir sacrer son Roi l'Amazone pressée,
Elle lui dit ces mots : « Noble et gentil Dauphin,
» ma mission déjà s'avance vers sa fin.
» La ville d'Orléans du joug est garantie ,
» Et nous avons détruit une armée ennemie.
» Il me faut maintenant jusqu'à Rheims vous
    mener,
» Pour qu'on vous puisse là, sacrer et couronner.
» D'être à Rheims bien reçu , ne faites aucun
    doute,
» Sire, Jeanne, partout applanira la route ;
» Vos affaires iront toujours en prospérant ,
» C'est moi qui vous l'affirme , et j'en ai pour
    garant,
» Le puissant Roi du ciel , qui vers vous m'a
    conduite,

» Lorsque le désespoir ordonnait votre fuite.

» Partons, Sire, et croyez que malgré les Anglais,

» Vous serez reconnu pour seul Roi des Français».

Ce projet n'offrait pas une entreprise aisée.

Sitôt qu'à son conseil le Roi l'eut proposée,

Quoique de la tenter il se montrât jaloux,

Ses conseillers d'abord la rejetèrent tous.

Les ennemis étaient maîtres de la Champagne,

Et dans cette province ils tenaient la campagne.

Dans toutes les cités ils avaient garnison,

Le Roi pour les forcer manquait de gros canon.

Cette entreprise était tellement épineuse,

Qu'on ne présumait pas qu'elle put être heureuse.

On tenait des conseils sans rien délibérer.

Le prince irrésolu n'osait se décider ,

Et suivre les conseils de la jeune Pucelle.

Jeanne va le trouver: « Noble Dauphin, dit-elle,

» En de si longs conseils ne perdez plus de temps;

» Et croyez que j'en sais plus que vos confidens.

» Venez chercher à Rheims la couronne de France;

» Et bientôt vous verrez sous votre obéissance,

» Passer tous vos sujets. Reposez-vous sur moi,

» Mon Seigneur , et daignez vous fier à ma foi ».

Ces mots font leur effet. Cette noble assurance

Au Monarque parut digne de confiance.

Il ne balance plus. Il part avec sa Cour ;

Il se rend à l'armée, et dès le même jour,

Vers la ville de Rheims l'armée s'achemine
Sous le commandement de l'illustre héroïne.
Auxerre où l'on marcha, se rendit aussiôt.
Troyes voulut résister, on l'enlève d'assaut.
Dès qu'on vit à Châlons les royales cohortes ;
La ville se rendit. Rheims ouvre aussi ses portes.
Charles fait son entrée, aux applaudissemens
Et aux marques de joie de tous les habitans.
On admirait sur-tout la gentille Pucelle,
Qui dans l'antiquité n'avait point de modèle.
Des princes et des grands Charles environné ;
Dès le sur-lendemain fut sacré, couronné.
L'archevêque l'oignit d'huile de Sainte-Ampoule
Aux acclamations d'une nombreuse foule,
Qui fesait retentir ces mots : « Vive le Roi,
» Vive aussi Jeanne Darc, des ennemis l'effroi ».

Dès qu'on eut achevé cette cérémonie,
Jeanne jusques aux pleurs émue et attendrie ;
S'approche du Mornarque et lui dit: «Gentil Roi,
» J'ai du maître du ciel rempli l'auguste loi.
» Il m'avait ordonné, pour finir votre peine,
» Et punir les Anglais de leur injuste haine,
» De leur faire lever le siège d'Orléans,
» De vous conduire à Rheims. Par des faits éclatans
» Son ordre est accompli. Ma mission finie,
» Je vais me retirer, Sire, dans ma patrie.
» Vos affaires iront toujours de mieux en mieux,
» Telle est la volonté du souverain des cieux ».

Elle voulut alors prendre congé du prince,
Pour aller végéter au fond de sa province.
Le Roi fort étonné d'un si prompt changement,
De rester près de lui la presse vivement,
Afin de maintenir des Français la vaillance,
Et ranger sous ses lois le reste de la France.
L'héroïne se rend aux désirs de son Roi.
Elle éprouvait pourtant certain je ne sais quoi
Dans le fond de son cœur, qui semblait lui prédire
Un sinistre avenir. Mais le bien de l'empire,
L'engage d'étouffer tous ses pressentimens,
Et le désir qu'elle a de revoir ses parens.

Le Roi partit de Rheims avec toute l'armée.
De ses prospérités la nouvelle semée,
Ramène auprès de lui des princes, des seigneurs,
Qui l'avaient délaissé dans ses plus grands mal-
    heurs.
Les peuples s'empressaient partout sur son pas-
    sage,
Partout il recevait le joyeux témoignage
De leur attachement, de leur fidélité,
Heureux d'être rentrés sous son autorité.
On se pressait sur-tout pour voir cette Amazone,
Dont la valeur venait de relever le trône.

L'armée alla camper sous les murs de Paris,
Depuis plus de quinze ans aux mains des ennemis.
Jusqu'au bord du fossé la guerrière s'avance,

Et veut prendre soudain ce chef-lieu de la France;
Officiers et soldats la suivent aussitôt;
Et chacun le premier veut monter à l'assaut;
Mais Jeanne ayant été grièvement blessée,
Ce cruel accident consterne notre armée,
Et devient le salut et la joie des Anglais,
Qui très-fort redoutaient et Darc et les Français.
L'armée se retire en proie à la tristesse,
De cet événement s'entretenant sans cesse.
L'aimable Jeanne était l'idole des soldats,
Qui ne redoutaient rien en marchant sur ses pas.
Soldats jadis craintifs, et maintenant terribles,
Un seul mot de sa part les rendaient invincibles.
Cependant par les soins qui lui sont prodigués,
De Jeanne Darc les jours se trouvent assurés.
Le repos, la jeunesse, ainsi que la nature,
Cicatrisent dans peu sa cruelle blessure,
Et le ciel la rendit aux vœux impatiens,
Du prince, de l'armée, et du peuple et des grands.

Suivi par une Cour et nombreuse et brillante,
Charles se rend à Meung, auprès de son amante,
Couler d'heureux momens dans le sein des
   amours,
A l'indolence encor abandonnant ses jours;
Laissant à Darc le soin de poursuivre la guerre,
Et de nous délivrer du joug de l'Angleterre.
Jeanne suivant le cours de ses nobles travaux,
Soumettait à son Roi les villes, les châteaux.

St.-Pierre le Moutier ayant fait résistance,
Elle le prit d'assaut. Dans cette circonstance,
La Pucelle montra cette intrépidité,
Qui de nos bons ayeux fit la félicité.
A la première attaque étant seule restée,
Avec trois de ses gens, d'ennemis entourée,
Elle se défendit avec tant de valeur,
Qu'elle donna le temps au brave Crèvecœur,
D'aller à son secours avec sa compagnie,
Et de la dégager de la troupe ennemie.
Mais comme on la pressait de tourner sur ses pas,
En jetant un regard sur ses braves soldats,
« Je ne partirai point d'ici, répondit-elle,
» Que je n'aye subjugué cette ville rebelle ».
Ses guerriers étonnés de tant de fermeté,
Retournent au combat et tout est emporté.
C'est par des traits pareils que cette femme illustre,
Qui n'était pas encor à son quatrième lustre,
Savait de ses soldats faire autant de héros,
Devant les ennemis ne tournant plus le dos.
A peine les Anglais contr'elle tenaient ferme.
Cependant, l'héroïne approchait de son terme.

Et qui peut se flatter d'être toujours heureux,
De n'éprouver jamais de moment rigoureux;
Des mortels bien souvent la fortune se joue.
Aujourd'hui plein de gloire, et demain dans la boue.
Telle on vit Jeanne Darc, du sort le plus brillant
Lorsqu'elle jouissait, un revers éclatant,

Lui fit de la fortune essuyer le caprice ;
Et terminer ses jours par un honteux supplice.

Chaque jour des combats bravant tous les dan-
     gers,
Pour délivrer l'État de tyrans étrangers,
De sa rare valeur, Jeanne fut la victime,
Et trouva sur ses pas le plus affreux abîme.
De ses nombreux affronts l'ennemi furieux,
Accusait le destin, les enfers et les dieux.
Voyant que dans la France allait finir son règne,
Il vint en grande force assiéger Compiègne.
Sitôt que Darc l'apprit, à des périls nouveaux,
Elle se prépara ; prenant cinq cents chevaux,
Elle marche au secours de la place assiégée.
A peine des Anglais elle aperçoit l'armée,
Qu'elle tombe soudain sur un de leurs quartiers.
Et sans avoir perdu nul de ses cavaliers,
Elle force leur camp, et entre dans la ville.
Mais comme rarement elle restait tranquille,
Lorsqu'elle se trouvait en face des Anglais,
Un instant sans combattre excitant ses regrets ;
Dès le soir elle fait une vive sortie,
Fond sur les assiégeans de ses braves suivie.
Rien ne peut résister à ses premiers efforts.
Elle sème leur camp de carnage et de morts.
Ils tombent sous la main de la fière Amazonne,
Comme dans les forêts, sur la fin de l'automne,
Tombe le verd feuillage, alors que l'aquilon

Ramène les frimats et l'arrière-saison.

Elle abat Hungerford , jeune Anglais plein de
    charmes ,

Qui comme Darc d'amour savait braver les armes.

Jeanne , Hungerford , tous deux d'une grande
    beauté ,

Remplis d'ardeur , d'adresse et de vivacité ,

De la même douceur, à peu près du même âge ,

Avaient aussi tous deux le plus brillant courage.

Mais Hungerford était comme une tendre fleur ,

Que coupe sans pitié la faux du moissonneur.

Elle renverse aussi Philibert de Mortagne ,

Qui fesait depuis peu sa première campagne :

Fox qui vainquit Beauval sous les murs d'Orléans,

Dans ce jour surnommé journée des harengs :

L'impudent Warburthon , qui superbe et fa-
    rouche ,

Ne combattait jamais sans l'injure à la bouche.

Cet Anglais fanfaron , fier de quelques lauriers ,

Dès qu'il voit Darc l'insulte en des termes grossiers,

Et la raille sur-tout sur ce nom de Pucelle ,

Disant qu'à ce beau nom elle était infidèle ,

Et ne méritait pas qu'on lui fît tant d'honneur.

Jeanne ne lui répond qu'en lui perçant le cœur.

Cependant des Anglais l'armée presqu'entière
Accourut , et voulait nous prendre par derrière.
L'héroïne appelant ses courageux soldats ,
Vers la ville assiégée alors tourne ses pas ,

Et se bat en fesant sa retraite en bon ordre;
Met encor les Anglais plusieurs fois en désordre.
Mais comme dans la ville elle voulait rentrer,
O trahison! ô crime! on l'en ose empêcher.
Le gouverneur Flavi, jaloux de la guerrière (34),
Avait quoique Français fait fermer la barrière.
On prétend qu'il l'avait vendue à l'ennemi.
Dans cette extrémité Jeanne prend son parti.
Sur ceux qui la suivaient s'élance avec furie,
Se fait jour au travers de l'armée ennemie,
Et gagnait à la hâte un lieu de sûreté;
Quand son cheval s'abat et la jette à côté.
Autour d'elle s'engage un combat effroyable.
Des Anglais enhardis le nombre formidable,
De moment en moment se renforçait toujours;
Les Français se voyaient privés de tout secours.
Tous sont tués ou pris. Ne pouvant se défendre,
La Pucelle se voit forcée de se rendre.
Sans doute elle eût péri les armes à la main,
Si l'héroïne eût cru son vainqueur inhumain,
Capable d'abuser du cruel avantage
Qu'il avait obtenu, non pas par son courage,
Mais par la trahison d'un indigne Français,
Coupable envers l'État du plus grand des forfaits.

CHANT SIXIÈME.

Le plus grand des fléaux, le fanatisme horrible,
A toujours rendu l'homme envers l'homme in-
flexible.
Ce monstre affreux, sans cesse un poignard à la
main ,
En tout temps, en tout lieux a soif du sang humain.
Occupé chaque instant à chercher des victimes,
Dans l'innocence même il entrevoit des crimes,
Sous le prétexte vain de la religion,
Il voudrait immoler à son aversion,
Tout ce qui ne veut pas à ses lois se soumettre,
Sur les faibles mortels voulant régner en maître :
Contre qui lui résiste ameutant les dévots,
Les crédules esprits, les ignorans, les sots,
Ayant le cœur d'airain, la langue de vipère,
Au crime avec ardeur prêtant son ministère.
A ce monstre hideux le Français asservi,
Pour son propre malheur trop long-temps l'a servi.
Que de calamités il a produit en France !
Dans ces temps désastreux, en proie à l'ignorance,
Où les peuples grossiers, fanatiques, cruels,
Sans pitié s'égorgeaient jusqu'aux pieds des autels,
Et pour honorer Dieu devenus sanguinaires,

Croyaient gagner le ciel en massacrant leurs frères!
Mortels ! que le malheur poursuit à chaque pas,
Chaque jour, chaque instant, vous conduit au
    trépas ;
Et vous cherchez encore à vous entre-détruire.
Insensés ! ah ! plutôt que de vouloir vous nuire,
Ne devriez-vous pas vous aider, vous chérir,
Et contre l'infortune hélas ! vous secourir.
Votre intérêt le veut ainsi que la nature.
N'es-ce pas faire à Dieu la plus sensible injure,
Que de le présumer sanguinaire, inhumain,
Aimant à voir couler des flots de sang humain.
Non, notre Dieu n'est pas le Dieu de la vengeance,
S'il voulait nous n'aurions qu'une seule croyance,
Nous n'aurions tous qu'un culte, une religion,
Nul ne résisterait à sa conviction.
Puisque avec leurs défauts Dieu supporte les
    hommes ,
Sachons donc nous souffrir tous et tels que nous
    sommes.

   Sitôt que les Anglais eurent en leur pouvoir
Celle qui les frustrait du plus brillant espoir,
Ils firent éclater une indécente joie.
Jamais ils n'avaient fait une aussi belle proie.
Mais loin de traiter Darc en généreux vainqueurs,
Ils lui firent souffrir toutes sortes d'horreurs.
Enragés qu'une fille, une simple bergère,
Eut eu sur eux le prix de la vertu guerrière,

Ils osent sans respect charger d'indignes fers ;
Celle que méprisait eux seuls dans l'univers.
On conduit à Rouen cette jeune héroïne ,
Pour lui faire subir le sort qu'on lui destine ;
On avait résolu de la sacrifier.
Pour commettre ce crime et le justifier ;
On confia ce soin à ces célibataires ,
Auxquels les noms sacrés et d'époux et de pères
Sont interdits ; ces noms si doux et si flatteurs ,
Qui calment nos chagrins et polissent nos mœurs.
Des prêtres avaient seuls, une ame assez cruelle,
Pour pouvoir condamner cette jeune Pucelle.

L'évêque de Beauvais , insigne scélérat (35) ,
Choisi pour présider à ce grand attentat ,
D'un choix aussi honteux voulut se montrer digne,
En suivant des Anglais l'odieuse consigne.
Parmi ceux de sa robe , et moines , et docteurs ,
Ce prélat se choisit des coopérateurs.
Il ne pouvait juger un prisonnier de guerre ;
Mais rien ne lui coûtait pour servir l'Angleterre.
Afin de parvenir à cet indigne but ,
Ce ministre d'un Dieu mort pour notre salut ,
Eut assez de bassesse , assez de barbarie,
Pour trahir ses devoirs , son culte et sa patrie.
La Pucelle parût devant ce tribunal ,
Qu'on peut qualifier à bon droit d'infernal ;
Avec la fermeté , le maintien , la décence ,
Dignes de ses vertus , dignes de sa vaillance.

Son origine ainsi que sa condition ;
Annonçaient qu'elle était sans éducation.
Elle parla pourtant avec une sagesse,
Qu'on voit bien rarement dans la grande jeunesse.

Durant le cours très-long de ce honteux procès,
Elle se vit l'objet des plus affreux excès.
On lui fit éprouver outrage sur outrage.
Tout ce que la vengeance, et la haine, et la rage,
D'atrocités, d'horreurs put jamais inventer,
Tout fut mis en usage, afin de tourmenter,
Une fille des champs, simple, sans artifice ;
Qui ne connaissant pas des humains la malice,
Et qui se reposant sur ses intentions,
Ne croyait pas qu'on put blâmer ses actions.
Ses juges impudens, atroces, sanguinaires,
Supposèrent des faits faux et imaginaires,
Pour acquérir le droit de la faire périr,
Sans que son innocence ait pu les attendrir.
Ne pouvant lui trouver de crime véritable,
Ils osent l'accuser d'un pacte avec le diable,
D'avoir par ce moyen effrayé les Anglais,
Et ranimé l'ardeur, la valeur des Français.
C'est ainsi qu'agissaient dans ces temps d'igno-
    rance,
Les prêtres, pour pouvoir cimenter leur puissance.
Ces mots vides de sens ainsi que de raison,
De devin, de sorcier, étaient lors de saison.
Les prêtres s'en servoient pour être despotiques ;

Pour rendre les humains barbares, fanatiques,
Toujours prêts à punir par le fer et le feu,
Quiconque résistait aux ministres de Dieu.

Que de maux aux humains a produit l'ignorance!
O, fortuné! celui qui peut dès son enfance,
Profitant des leçons d'un sage instituteur,
Apprendre à discerner le vrai d'avec l'erreur;
A se mettre au-dessus des préjugés frivoles;
A ne pas se laisser mener par des paroles;
A savoir distinguer le beaume du poison;
A suivre en tout son cœur et la saine raison.

De juges, de bourreaux sans cesse environnée,
Par ces hommes cruels Jeanne se vit traitée,
Comme on ne traite pas les plus grands criminels.
On lui fit éprouver des maux continuels.
Ses pieds, son corps meurtris, par une lourde
    chaîne,
Lui fesaient ressentir une éternelle gêne.
Dans sa chambre une garde et le jour et la nuit,
Ne lui permettait pas de reposer sans bruit.
On voulut même un jour lui faire violence,
Et porter jusques là l'excès de la vengance.
O, Ciel! à quels forfaits l'homme peut se porter,
Lorsqu'à ses passions il se laisse emporter!
Après un an entier de tourmens, de supplices,
Ses juges inhumains comblent tant d'injustices,
En rendant un arrêt qui condamnait au feu,

Jeanne Darc, magicienne, ennemie de Dieu,
Invoquant les démons, s'étant fait leur prêtresse,
Sorcière, sacrilège, et fausse prophétesse.

Tant de haine entre-t-elle en l'ame des mortels,
Prosternés chaque jour aux pieds des saints autels;
Qui des décrets des cieux chargés de nous instruire,
Nous montrent le chemin qui doit nous y conduire;
Qui sans cesse parlant de la divinité,
Devraient tous être pleins de douceur, d'équité?
Prêtres, vous qui du ciel nous parlez le langage,
Daignez de vos leçons vous-mêmes faire usage.
Vous avez fait de sang innonder l'univers.
Que d'hommes égorgés, massacrés, mis aux
    fers !
Quand abjurez-vous l'odieux fanatisme ?
On a brisé le joug de votre despotisme.
S'il est des citoyens qui vivent dans l'erreur,
Pour dessiller leurs yeux employez la douceur.
Trop long-temps les bûchers, le glaive, la potence,
Mirent tous les humains dans votre dépendance.
Dans vos mains aujourd'hui ces moyens ne sont
    plus ;
Pour régner donnez-nous l'exemple des vertus.
C'est un mauvais moyen que celui de la crainte.
On fait toujours fort mal ce qu'on fait par con-
    trainte.
Vous voulez, dites-vous, nous faire aller au ciel.
Vous voulez dominer, c'est votre but réel.

Tout tremblans à vos pieds voir les esprits timides,
Être de ce qu'ils font, les conseils et les guides,
D'un seul mot diriger leurs penchans et leurs goûts,
Et les voir se laisser en tout régler par vous.
Qu'il est doux en effet de voir quoique l'on fasse,
Les peuples et les rois appuyer notre audace !
Si Jésus s'immola pour le salut de tous,
Imitez-le et soyez plus humains et plus doux.
Loin de les diviser, conciliez les hommes.
Ne sommes-nous pas tous frères, tant que nous
    sommes ?
C'est à vous d'empêcher que les religions,
Deviennent les sujets de nos dissentions.
Dieu qui par la raison voulut bien nous conduire,
Nous fit pour nous aimer et non pour nous dé-
    truire.
Aimons-nous donc, goûtons la douceur des bien-
    faits,
Et réservons la haine aux vices, aux forfaits.

L'évêque de Beauvais tout bouffi d'impudence,
Se rend auprès de Darc, et lui lit sa sentence,
Et Jeanne l'entendit avec la fermeté,
Que l'on n'attendait pas de sa simplicité.
Le jour qui fut choisi pour son affreux supplice,
Elle se prépara pour ce grand sacrifice.
Elle marche au trépas sans trouble, sans effroi,
Joyeuse de mourir pour la France et son Roi.
D'une garde nombreuse elle est environnée,

Chacun versait des pleurs sur cette infortunée.
Tous pleuraient, excepté l'évêque de Beauvais ,
Et ceux qui l'immolaient aux fureurs des Anglais.
Ses juges , ou plutôt ses bourreaux implacables ,
Des barbares Anglais agens impitoyables ,
Voulurent tous jouir de ses derniers momens ,
Et repaître leurs yeux de ses affreux tourmens.
Enfin sur un bûcher on place l'héroïne ,
Qui meurt en invoquant l'assistance divine ;
Spectacle qui remplit les cœurs d'émotion.
Du milieu du bûcher on aperçut, dit-on ,
S'élever vers le ciel une jeune colombe
D'une extrême blancheur. On choisit pour sa
    tombe ,
La rivière de Seine , où l'on précipita
Ses cendres ; sur la terre , alors il ne resta
De Jeanne , que le nom, les vertus et la gloire,
Pour toujours consacrés au temple de mémoire ;
Ce nom si glorieux qui doit être à jamais,
Parmi les plus grands noms , le plus cher aux fran‑
    çais.
Son Roi qui lui devait l'honneur et la couronne,
A son cruel destin, sans regret l'abandonne ,
Et pour l'en garantir il ne fit aucun pas.
Les Rois ne sont souvent que d'illustres ingrats.

  Sur un bûcher dressé par l'affreux fanatisme ,
Jeanne Darc expia son brillant héroïsme.
Ce fut l'indigne prix de ses faits glorieux ,

Dignes d'être admirés des mortels et des Dieux.
C'est là que des Anglais, la haine envenimée,
Trancha les plus beaux jours de cette infortunée ;
Qui jadis dans la Grèce aurait eu des autels ;
Que l'on aurait placée au rang des immortels.
Anglais ! ô fiers Anglais ! cette injure cruelle,
Fera dans tous les temps votre honte éternelle.
Le sexe, la valeur, et l'ingénuité,
Rien ne put arrêter votre inhumanité.
Et quel droit aviez-vous sur votre prisonnière ?
Avait-elle reçu parmi vous la lumière ?
Non cruels, dans votre île, ah ! l'on ne vit jamais,
Une Anglaise de Darc égaler les hauts faits,
Et cette Elisabeth si fausse, si cruelle (36),
Dont vous êtes si vains, est bien au-dessous d'elle.
Sans droit et sans raison pour la faire périr,
Barbares, pourquoi donc la fîtes vous mourir ?
Vous avez immolé l'honneur et l'innocence,
Craignez notre tardive et trop juste vengeance.

Et vous Français, et vous, qu'avez-vous fait,
   hélas !
Pour venger Jeanne Darc d'un si cruel trépas ?
Où sont les monumens élevés à sa gloire ?
Quels jours sont consacrés à bénir sa mémoire ?
Quoi donc l'ingratitude a-t-elle tant d'appas ;
Dans l'univers entier n'est-il que des ingrats ?
Ah ! puisqu'elle arrêta des Anglais les conquêtes,
Français en son honneur instituez des fêtes :

Distribuez des prix aux heureux écrivains ,
Qui chanteront le mieux ses exploits plus qu'hu-
    mains :
Que son nom désormais soit notre cris de guerre,
Lorsque nous combattrons la perfide Angleterre.
Portons pour la venger des maux qu'elle a souffert,
Au centre de cette île , et la flamme et le fer :
Vengeons-là , vengeons-nous , des injures sans
    nombre ,
Que nous avons reçus de ce peuple si sombre ,
Qui fut dans tous les temps l'ennemi des Français,
Qui n'est riche et puissant qu'à force de forfaits (37);
Pour qui rien n'est sacré.. Qui par un trait infâme,
Osa sacrifier la plus illustre femme ;
Qu'il aurait dû combler de respects et d'honneurs,
S'il pouvait s'abstenir de faire des horreurs (38).
Il en commit sur vous, Eustache de St.-Pierre (39),
Et sur vos compagnons quand ce roi d'Angleterre,
Qui jamais sans la faim , n'aurait réduit Calais,
Voulait vous immoler en haine des Français.
Il en commit sur vous, généreux Jumonville (40),
Qui sous un nom sacré marchant d'un pas tran-
    quille ,
Tout à coup assailli par d'atroces soldats ,
Sans nul respect humain reçûtes le trépas.
Combien d'autres encor ont éprouvé la rage
De ce peuple envers nous si hautain , si sauvage;
Qui sacrifiant tout au plus vil intérêt,
N'a de foi ni d'honneur, que quand cela lui plaît;

Qui singeant en tout point cette Carthage antique,
Aura le triste sort de cette république.

O ! Jeanne ! illustre Jeanne ! agrée les efforts
d'un citoyen obscur cédant à ses transports ;
Qui voulut essayer de chanter sur sa lyre,
Tes exploits, tes vertus, ta gloire, ton martyre.
A son zèle, l'esprit que n'a-t-il répondu,
Tu recevrais de lui tout l'honneur qui t'est dû.
Pour chanter leurs exploits, Achille eut un
    Homère,
Énée eut un Virgile, Henri IV un Voltaire ;
Pour célébrer les tiens, faudrait mêmes talents,
Car plus que ces héros tu mérites d'encens.
L'invulnérable Achille était un fol insigne,
Qui traita son rival d'une manière indigne.
L'aventurier Énée était un faux dévot,
Qui ravit à Turnus une épouse et sa dot.
Malgré tous ses défauts, Henri IV, grand-homme,
Pour prix de sa valeur attendait un royaume.
Et toi, tu ne voulais qu'affranchir ton pays,
Du joug dur et honteux d'arrogans ennemis.
Parmi les noms fameux dont la France s'honore,
Qui plus que le tien, Darc, l'illustre et la décore.
Sans toi, sans ta valeur, nous serions des An-
    glais,
On ne peut le nier, les très-humbles sujets.
Tu nous a garanti d'une si grande honte,
Nous ne pouvons jamais assez t'en tenir compte.

Peintres et sculpteurs, ah ! rendez-nous les traits
De l'héroïne à qui sont dus tant de bienfaits ;
Excellens écrivains, orateurs et poëtes,
De votre nation soyez les interprêtes ;
Célébrez la Pucelle en prose ainsi qu'en vers,
Et portez en le nom au bout de l'univers.
Pour tous les cœurs bien nés, oui pour les belles
    ames,
Jeanne sera toujours la première des femmes.

Et vous, sexe charmant, qu'elle a tant honoré,
Depuis le temps de Darc vous êtes adoré
De tous les vrais Français. Et qui ne sait qu'en
    France,
Vous exercez sur nous la suprême puissance.
Vous le méritez bien. Quelles femmes jamais
Unirent plus d'esprit, de grâces et d'attraits.
L'univers nous contemple avec des yeux d'envie,
Tant vous semez de fleurs le cours de notre vie.
Si nous sommes polis, affables et heureux,
Françaises, on vous doit des biens si précieux :
Et cette antique loi qui vous privait du trône,
Injuriait la France et non votre personne ;
Car plus d'une Régente en gouvernant l'Etat,
Montra que vous sauriez régner avec éclat.
En France l'on eût vu d'illustres Souveraines,
Si l'on vous eût remis de l'Empire les rênes.
Cette immortelle Darc qui sauva son pays,
Innondé d'étrangers vaillans et aguerris,

Aurait sans doute su le gouverner de même ;
Elle eût avec honneur porté le diadème ,
Et par d'aimables lois elle eût de ses sujets ,
Autant que par sa gloire attiré les respects.
L'illustre nation qu'on voit la plus galante ,
Semblerait envers vous n'être pas conséquente.
Elle vous idolâtre et pourtant ne veut pas ,
Qu'un sceptre ajoute encor à vos divins appas.
Dès long-temps on eût vu sans cette loi salique,
De l'univers entier un souverain unique.
Oui , si l'on avait fait une Française Roi,
Les peuples se seraient tous rangés sous sa loi,
Pour jouir des douceurs d'un règne incomparable;
Jamais on n'aurait vu de maître plus aimable ,
Plus fait pour attirer après soi tous les cœurs,
Sous ses pas fesant naître et mille et mille fleurs ,
Et ramenant enfin l'âge d'or sur la terre.
On n'eût plus eu besoin de se faire la guerre ;
Chacun paisible , heureux , aurait coulé ses jours,
Dans le sein des plaisirs , des ris et des amours.
Mais si pour ce haut rang on ne veut vous élire,
Vous régnez sur les cœurs, c'est le plus bel empire.

F I N.

NOTES.

—

(1) SÉMIRAMIS , reine d'Assyrie, étendit par de glorieux exploits les limites de ses états. C'est elle qui fit
faire les murs et les fameux jardins de Babylone , mis
au rang des sept merveilles du monde. Un jour étant
à s'habiller , elle reçut la nouvelle d'un soulèvement
dans une des provinces de son empire. Elle abandonne
à l'instant le soin de sa parure, et jure de ne point s'en
occuper qu'elle n'ait soumis et puni les rebelles. Elle
s'arme, monte à cheval, rassemble une armée, se rend
dans la province coupable ; en peu de jours rétablit
l'ordre , et revient vengée et triomphante dans son
palais.

(2) ZARINE , reine des Scytes-Saces , commanda en
personne son armée , contre celle de Cyaxare , roi des
Mèdes , qui avait pour général Stryangée , gendre de
Cyaxare. Après deux campagnes dont les événemens
furent balancés , Zarine perdit une bataille décisive et
fut faite prisonnière. Stryangée , jeune , beau , bien-
fait , ne put voir Zarine , sans se sentir éperduement
épris de ses charmes ; mais n'ayant pu faire agréer son
amour , désespéré des refus de sa belle captive, il se
donna la mort. Zarine , quoique sensiblement touchée
de ce cruel événement , en profita pour faire sa paix
avec Cyaxare. Elle entra dans ses états , et ne s'occupa
que du bonheur de ses sujets. Elle fit bâtir plusieurs
villes , en embellit d'autres , et sut toujours se faire
craindre de ses voisins , et aimer de ses sujets.

(3) BODICÉE, reine des Icéniens, peuples de l'an-cienne Albion. Prafusague, son époux, avait mis en mourant ses états sous la protection des Romains; mais à peine fut-il expiré, qu'ils pillèrent son palais et ac-cablèrent sa veuve et ses filles des plus indignes ou-trages. Bodicée, animée d'une juste vengeance, souleva tout son pays contre ces cruels tyrans, et à la tête d'une armée de cent vingt mille hommes, les battit et en fit un grand carnage. Mais les Romains étant re-venus avec une nouvelle armée, Bodicée, malgré des prodiges de valeur fut vaincue. Cette héroïne accablée de ce cruel revers, et se voyant sur le point de tomber entre les mains de ses vainqueurs, se donna elle-même la mort, l'an 61 de l'ère chrétienne.

(4) AMAGE, reine des Sarmates, voyant Médosac, son mari, plongé dans la débauche, et incapable de gouverner ses états, prit en main les rênes du gouver-nement et les mania avec la plus heureuse dextérité. Aucune affaire ne se traitait que sous ses yeux, et lorsqu'il s'agissait de soutenir une guerre ou de secou-rir ses alliés, on la voyait toujours à la tête de ses armées. Ses belles actions lui avaient acquis une grande réputation. Les peuples de la Chersonèse-Taurique, cruellement opprimés par un prince voisin, se mirent sous la protection d'Amage, et implorèrent sa protec-tion. Amage, après avoir vainement sollicité ce prince injuste de cesser ses violences, se met à la tête de son armée, et s'avance pour le punir. Elle prend cinq cents hommes des plus courageux et fait avec eux une mar-che forcée pour aller surprendre le tyran. Sa grande diligence lui réussit. Elle surprend son ennemi dans son palais, après avoir fait passer sa garde au fil de l'épée, et le fait égorger de suite avec tous les cour-tisans qui l'environnaient. Après cette sanglante exé-

cution , elle plaça sur le trône le fils de celui qu'elle
venait d'anéantir , en lui recommandant de gouverner
ses sujets avec justice , de respecter ses voisins , et de
ne jamais perdre le souvenir du sort de son père et des
forfaits qui le lui avaient mérité.

(5) TOMYRIS , reine des Massagètes , ayant perdu
son fils dans une bataille contre Cyrus , roi de Perse ,
rassembla promptement une nouvelle armée , et par
d'habiles manœuvres , ayant su engager son ennemi
dans des défilés où il ne pouvait déployer toutes ses forces , elle tomba sur lui avec tant d'impétuosité et de
bravoure que l'armée de Cyrus fut entièrement défaite
et lui-même y perdit la vie.

(6) SEÏDAR , régente de Perse pendant la minorité
de Magdeddulat , son fils. Après avoir gouverné la
Perse avec beaucoup de gloire , dès que son fils fut en
âge de régner par lui-même , elle lui remit les rênes
du gouvernement. Mais ce jeune prince mal conseillé ,
non-seulement retira à sa mère toute espèce d'autorité
dans ses états , mais refusait même de recevoir ses
avis. Seïdar , irritée d'une telle ingratitude , se retira ;
mais ce fut pour revenir bientôt à la tête d'une puissante armée , demander raison à son fils de ses outra-
ges. Elle le combattit , remporta une victoire complète,
le fit prisonnier , et remonta sur le trône , qu'elle
continua d'honorer par ses vertus et ses talens. Toujours généreuse et magnanime , Seïdar voyant son fils
avantageusement changé , lui rendit la liberté et la
couronne , en se réservant cependant une autorité pré-
pondérante dans l'administration. Tant qu'elle vécut ,
la Perse fut paisible au dedans et au dehors , et à sa
mort elle la laissa dans l'état le plus florissant.

(7) SPARETHRA , femme d'Amorge , roi des Saces,

D

Son mari ayant perdu une bataille contre Cyrus, fut fait prisonnier. Sparethra rassemble aussitôt cinquante mille hommes et trente mille femmes, se met à leur tête, attaque l'armée victorieuse, et la défait entièrement. Le fils de Cyrus et son beau-frère furent faits prisonniers dans cette action. Sparethra en fit l'échange contre son mari, qu'elle ramena triomphant dans ses états.

(8) CLÉOPHIS, reine des Arsacéniens, dans l'Inde, défendit avec un courage héroïque la ville capitale de son royaume, contre Alexandre le Grand. Enfin, obligée de se rendre, elle reçut les plus grands éloges de son vainqueur.

(9) ZÉNOBIE, reine de Palmyre, joignit à une grande beauté, un génie supérieur et un courage héroïque. Elle eut beaucoup de part aux brillans succès d'Odenat, son mari, qui étendit ses conquêtes dans l'Orient. Après la mort d'Odenat, Zénobie gouverna seule son vaste empire. Attaquée par l'empereur Aurélien, elle le repoussa d'abord avec succès ; mais forcée de céder à la puissance des Romains ; elle se renferma dans Palmyre, où son ennemi vint l'assiéger. Après s'être long-temps défendue, réduite aux plus affreuses extrémités, elle fut obligée de se rendre à la discrétion de son vainqueur, qui l'emmena à Rome et en fit le plus bel ornement de son triomphe.

(10) ARTÉMISE Ire., reine de Carie, combattit pour Xerxès, contre les Grecs, et se distingua par sa valeur, sur-tout au combat de Salamine. Si on eût suivi ses conseils, il ne serait échappé aucun vaisseau des Grecs, au lieu que les Perses furent totalement défaits. On voyait à Lacédémone la statue d'Artémise, parmi celles des grands généraux, contre lesquels les Spartiates avaient combattus.

(11) CYNA, digne sœur d'Alexandre le Grand, commanda des armées et remporta plusieurs victoires.

(12) CAMILLE, reine des Volsques, en Italie, fut consacrée à Diane. Elle passa sa jeunesse dans les exercices des armes et de la chasse. Elle secourut Turnus roi des Rutules, contre Énée, et se signala dans cette guerre par de grands exploits.

(13) ARCHIDAMIE. Lacédémone ayant été assiégée par Cléonyme, secondé de toutes les forces de Pyrrhus, roi d'Épire, les Spartiates pour se débarrasser des bouches inutiles, prirent la résolution d'envoyer les femmes et les enfans en Crète. A cette nouvelle, Archidamie s'arme d'une épée et se présente au Sénat. Là, au nom de toutes ses concitoyennes, elle demanda aux Sénateurs, s'ils croyaient les femmes assez lâches pour supporter la vie, après avoir perdu leurs pères, leurs époux ou leurs frères. Cette généreuse hardiesse fit changer au Sénat sa première résolution, et on ne s'occupa plus qu'à faire la plus vigoureuse défense. Une tranchée ayant été ordonnée, les femmes se présentèrent pour en partager les travaux, et s'en distribuèrent la troisième partie, qu'elles eurent achevée avant que le jour parut. Les ennemis s'avançant pour donner un assaut à la ville, elles présentèrent elles-mêmes les armes à leurs défenseurs, les exhortant de se signaler sous les yeux de leurs mères, de leurs épouses, de leurs sœurs. Cette fermeté des Lacédémoniènes fut le salut de la patrie, les assiégeans ayant été obligés d'en lever le siège.

(14) ULUN, mère de Gengis-Kan, empereur de Tartarie, et le plus grand conquérant de l'univers, gouverna les Tartares pendant la minorité de son fils. Quelques princes tributaires de son empire se révol-

tèrent, et vinrent fondre sur ses états avec une puissante armée. Ulun, à la tête de la sienne, alla à leur rencontre et leur livra bataille. La mêlée fut rude et sanglante ; mais l'héroïne se comporta avec tant de bravoure qu'elle remporta la victoire la plus complète.

(15) JEANNE DE BELLEVILLE, femme d'Olivier III, sir de Clisson. Philippe de Valois soupçonnant Olivier de Clisson d'entretenir des intelligences avec l'Angleterre, lui fit faire son procès, et lui fit couper la tête, le 2 Août 1343. Sa veuve au désespoir et ne respirant que vengeance, envoya son fils à Londres pour le mettre en sûreté. Ensuite, elle vendit ses pierres et tout ce dont elle put disposer, arma trois vaisseaux, et courut les mers, prenant tous les bâtimens Français qu'elle rencontrait, et vengeant sans pitié sur eux le sang d'un époux qu'elle avait adoré. Cet étrange corsaire faisait des descentes, brûlait des châteaux, et l'on vit en plusieurs endroits de la France, des villages embrasés, dans lesquels une des plus belles femmes de l'Europe pressait le carnage, tenant une épée d'une main et le flambeau de l'autre, et fixait avec plaisir ses regards sur toutes les horreurs de la guerre.

(16) JEANNE, comtesse de Montfort, devenue veuve de Jean IV, duc de Bretagne, défendit les droits de sa maison contre Charles de Blois, qui était assisté de toutes les forces de la France. Après avoir soutenu différens sièges et livré plusieurs combats, dans lesquels elle montra la plus grande intrépidité ; Charles de Blois ayant été tué à la bataille d'Aurai, elle rentra dans tous les biens de sa maison et assura la souveraineté de la Bretagne à son fils.

(17) VANDA, reine de Pologne, monta sur le trône par la mort de son père et de ses frères, vers l'an 700

de nôtre ère. Sa vertu , sa beauté, son esprit , la firent adorer de ses sujets. Jalouse de conserver son cœur libre , elle refusa constamment toutes les alliances qui lui furent proposées. Ritagore , prince puissant, jeune et brave , fut un des plus ardens à solliciter le don de sa main ; mais il ne put l'obtenir. Furieux, il arma contre la Pologne. Vanda à la tête d'une armée, s'avança au-devant de lui. Il se donna deux batailles sanglantes, dans lesquelles Vanda , le sabre à la main , et toujours aux premiers rangs , anima si bien ses troupes , que Ritagore deux fois battu , et doublement honteux , et de sa défaite , et de l'injuste cause qui lui avait mis les armes à la main , se donna la mort.

(18) FOURRÉ (Marie-Catherine). En 1536 , le comte de Nassau mit le siège devant Perronne. Ayant fait battre en brèche une partie de la muraille avec une nombreuse artillerie afin de donner l'assaut ; dès la nuit suivante , les femmes mêlées avec les hommes , travaillèrent avec tant d'activité , qu'à la pointe du jour toutes les brèches se trouvèrent réparées. L'assaut ayant été donné , fut si vigoureusement soutenu par les hommes et les femmes ensemble , que les assaillans furent repoussés avec grande perte. Le lendemain , tandis que les habitans rendaient grâces à Dieu de leur victoire , un capitaine ennemi, suivi de sa compagnie, monte sur le mur du rempart près la porte de Paris , où il ne voyait personne. Marie-Catherine Fourré l'apperçoit qui plantait son enseigne et criait déjà : « ville gagnée ». Elle court à lui , le renverse dans le fossé , arrache l'enseigne, et avec la pique se défend contre ceux qui grimpaient encore , jusqu'à ce qu'on accourut à ses cris. Les jours suivans furent marqués par une si vigoureuse défense, que l'Archiduchesse, gouvernante des pays bas, irritée de la longueur de ce siège , écrivit

ces mots au comte de Nassau : « Je suis étonnée que
» vous soyez si long-temps devant Péronne, vu que ce
» n'est qu'un pigeonnier ». A quoi Nassau répondit
sur le champ : « Madame, il est vrai que Péronne n'est
» qu'un pigeonnier, mais les pigeons qui sont dedans
» sont difficiles à prendre ; les femelles y sont aussi
» courageuses que les mâles ». Le comte de Nassau fut
contraint de lever le siège, et ne s'entretenait en s'en
allant, que de la bravoure des femmes de Péronne.

(19) GRASSE (Jeanne de), femme de Nicolas de
Castellane, était ainsi que son mari du parti protestant.
Devins, à la tête des troupes royales, forma le siège
du château de Castellane. Jeanne le soutint avec une
intrépidité héroïque, se montrant partout où le danger
était le plus grand. Son mari fut tué dans un assaut.
Sans s'abandonner à une stérile douleur, elle n'en devint que plus ardente pour la défense du château, et
après s'être défendue quelque temps avec la plus grande
valeur, elle ne se rendit qu'à la dernière extrémité.

(20) CHARCE (Philis de la Tour du-Pin Gouvernet,
demoiselle de la) a bien mérité d'être placée au rang
des héroïnes Françaises. En 1692, le duc de Savoie
ayant fait une irruption en Dauphiné, cette coura-
géuse demoiselle monta à cheval, fit armer les villages
de son canton, se mit à leur tête, livra plusieurs combats dans les défilés des montagnes, et par sa bravoure,
contribua beaucoup à faire abandonner le pays aux
ennemis. Louis XIV gratifia mademoiselle de la Charce
d'une pension, et lui permit de placer au trésor de
St.-Denis son épée, ses pistolets et l'écusson de ses ar-
moiries.

(21) HARCOURT (Marie de), femme d'Antoine de
Lorraine, comte de Vaudemont, eut part à presque

tous les exploits militaires de son mari. Nouvellement relevée de couches, apprenant que Vaudemont est assiégé, elle monte à cheval, rassemble le plus qu'elle peut de ses vassaux, vole à leur tête au secours de cette ville, force les retranchemens des ennemis, les bat complètement et leur fait abandonner le siège.

(22) LAISNÉ (Jeanne), de Beauvais, en Picardie. En 1472, les Bourguignons vinrent assiéger Beauvais. Jeanne Laisné à la tête d'un grand nombre de ses concitoyennes, repoussa plus d'une fois les ennemis. Dans un des assauts qui furent livrés à la place, on l'a vit une pique à la main, montée sur la brèche, arracher le drapeau qu'on voulait y arborer, renverser au bas de la muraille l'officier qui le portait et plusieurs de ses soldats. En mémoire de cet héroïsme, il y avait tous les ans à Beauvais une procession solennelle, ou les femmes précédaient les hommes.

(23) ZINGA, reine d'Angola, en Afrique, vers la fin du seizième siècle. Passionnée pour la profession des armes, elle n'en redoutait ni les fatigues, ni les périls. Ses vêtemens n'étaient composés que de peaux des animaux féroces qu'elle avait tués. Son père l'ayant un jour envoyée chez les Portugais, pour y régler les conditions d'un traité d'alliance dont il était convenu ; dans la première audience, le Vice-roi eut le sot orgueil de la recevoir assis dans un fauteuil, placé sous un dais, et de ne lui faire présenter qu'un carreau pour s'asseoir. Zinga dissimulant son dépit, ordonna à une des femmes de sa suite de se mettre à genoux, et en appuyant ses mains sur le parquet, lui former un siège de son dos. Elle s'assit dessus, et ce fut dans cette attitude qu'elle traita avec le Vice-roi, qui vit alors à quelle fière embassadrice il avait affaire. L'audience finie, comme il la reconduisait, on vint dire à

la princesse que la femme qui lui avait servi de siège, ne voulait pas se relever qu'elle n'en eut reçu l'ordre. Zinga répondit: « Allez lui dire que je lui défends » de jamais se présenter devant moi. Une femme de » ma sorte ne se sert jamais deux fois du même siège. » D'ailleurs, la vue de cette malheureuse, ne servirait » qu'à me rappeler le manque d'égards que j'ai essuyé » ici : je ne veux avoir personne à mon service qui » puisse m'en rappeler le souvenir ». Celte fermeté abaissa l'orgueil du Vice-roi , qui fit tous ses efforts pour faire oublier sa première indécence à la princesse d'Angola. Quelques années après , les Portugais avides de dépouiller le roi d'Angola de ses états, l'attaquèrent et il fut tué dans un combat. Zinga rassemble aussitôt une armée nombreuse , tombe sur les Portugais, les bat en plusieurs rencontres , ravage leurs habitations , et les force à se renfermer dans leurs forts , et à n'oser plus paraître. Victorieuse et vengée, elle rentra triomphante dans ses états. Sa garde ordinaire était de trois cents hommes et de trois cents femmes.

(24). HENRICI (Catherine), fille d'Henrici, gouverneur de l'isle de Négrepont , appartenant aux Vénitiens. Mahomet second , empereur des Turcs , assiégeant la ville capitale de Négrepont , la garnison défendit la place avec la plus grande vigueur ; mais épuisée par plusieurs assauts meurtriers et de fréquentes sorties, elle commençait à s'affaiblir. Alors Catherine anime les femmes à seconder leurs braves défenseurs, prend les armes , et se mettant à la tête de toutes celles qui ont le courage de la suivre , se porte sur la brèche. Les soldats animés par la résolution de ces femmes intrépides, repoussent encore les Turcs dans deux assauts. Mahomet irrité d'une telle résistance, en ordonne un nouveau , et le commande lui-même à la tête de cin-

quante mille hommes. Les assiégés , forcés de céder à
de si puissans efforts , abandonnent la ville et se réfu-
gient dans la citadelle. Catherine les y suit avec ses
généreuses compagnes ; mais après deux heures de résistance , les Turcs se rendirent maîtres partout. Catherine qui combattait auprès de son père , lui sauva
la vie en parant un coup de sabre qu'un Turc lui portait. Forcés au même instant de se rendre tous les deux,
on les conduisit au Sultan. Mahomet n'eut pas plutôt
jeté les yeux sur Catherine, qui était une des plus belles
personnes de son temps, qu'il se sentit épris pour elle de
la plus violente passion. Pour éblouir sa belle prisonnière , il lui offrit de partager son trône avec elle.
Mais tous ses efforts pour lui plaire furent vains et il
ne put la rendre favorable à ses désirs. Désespéré de
ses refus , il chargea un de ses principaux officiers
d'essayer de vaincre la résolution de sa captive. L'officier épuise envain tous les moyens pour répondre à
la confiance de son maître. Catherine demeure inébran-
lable. Lassé d'une résistance aussi opiniâtre , il a re-
cours aux menaces , et jure d'ôter lui-même la vie à
Henrici si elle ne cède. Il se fait amener l'infortuné
prisonnier, tire son cimeterre et le lève pour lui abattre
la tête. A cette vue , Catherine se jette sur le Pacha ,
et parvient à le désarmer ; ce monstre devenu furieux
prend son poignard , le plonge dans le cœur de cette
vaillante fille , et ne l'en retire que pour percer Henrici. Mahomet instruit de cette atrocité , condamna le
Pacha à expirer dans les plus cruels tourmens.

(25) BALAGNI (Renée Bussi-d'Amboise , femme du
maréchal de), digne sœur du brave Bussi-d'Amboise.
En 1595 , Cambrai , dont son mari était gouverneur ,
ayant été assiégé par les Espagnols, les habitans gagnés
par les émissaires des assiégeans , s'assemblèrent tu-

multueusement pour convenir de la reddition de la place.
Cette vaillante femme avertie , court se présenter au
milieu d'eux , une pique à la main , et tâche , par la
vivacité de ses reproches et la force de ses remontran-
ces , de les engager à continuer à se défendre. Voyant
qu'elle ne peut rien gagner sur eux , elle prend sur le
champ le parti de se jeter dans la citadelle , à la tête
des troupes qui voulurent l'y suivre, résolue de s'y défendre jusqu'à la dernière extrémité ; mais bientôt les
vivres lui manquèrent. Forcée de se rendre , elle en
eut tant de chagrin qu'elle en mourut.

(26) TOURNON (Claudine de la Tour, comtesse de).
Pendant les guerres civiles sous Charles IX , on la voyait
à la tête de plusieurs compagnies de gens de guerre ,
qu'elle avait assemblé à ses frais. Elle soutint coura-
geusement deux sièges dans la ville de Tournon, assiégée
par les Huguenots , et les leur fit honteusement lever.

(27) BALMONT (comtesse de Saint-), joignit le courage d'un militaire , à la modestie d'une femme vertueuse. Le comte son mari étant parti pour la guerre,
elle alla passer le temps de son absence à la campagne.
Un officier de cavalerie fut logé sur ses terres , et s'y
comportait fort mal. Madame de St.-Balmont lui envoya faire des plaintes qu'il méprisa. Résolue de tirer
vengeance de sa grossièreté , elle lui écrivit qu'elle
voulait le voir l'épée à la main , dans un endroit qu'elle
lui désigna , et signa sa lettre : « le chevalier de Saint-
» Balmont ». L'officier ne manqua pas au rendez-vous.
La comtesse vêtue en homme l'y avait devancé. Ils se
battirent. Madame de St.-Balmont désarma l'officier.
En lui rendant son épée , elle lui dit : « Vous avez
» cru , Monsieur , avoir affaire au chevalier de Saint-
» Balmont; apprenez que je ne suis que sa belle-sœur :

» ayez désormais plus de considération pour les prières
» des Dames ». L'officier honteux et confus, se retira
sans dire mot, et disparut du pays dès le même jour.

(28) OGINE, reine de France. Charles le simple, Son
mari, ayant été fait prisonnier par le comte de Ver-
mandois, Ogine, rassembla des troupes, se mit à leur
tête, et tenta les plus grands efforts pour délivrer son
époux. Mais ce prince étant mort en prison, elle sut
par son habilité et son courage conserver la couronne
à son fils.

(29) SENNAICTAIRE (Magdeleine de), veuve du
seigneur de Miremont, en Limousin. Pendant les guerres civiles de France, cette Dame, à la tête d'une compagnie de cinquante hommes, faisait des courses jusques dans l'Auvergne. Elle était du parti protestant.
En 1575, le marquis du Montal, lieutenant de roi
du Limousin, irrité de ce que cette vaillante femme
avait défait deux compagnies de ses gendarmes, vint
avec quinze cents hommes d'infanterie et cinq cents de
cavalerie, assiéger Miremont. Il fit d'abord avancer
cinquante hommes, avec ordre d'insulter tout ce qu'ils
rencontreraient. La dame de Miremont ne fut pas plutôt avertie de leur approche, qu'elle sortit de son château, tomba sur ce détachement, et en tailla en pièce
une grande partie ; mais lorsqu'elle voulut rentrer,
elle vit avec surprise son château investi. Prompte à
prendre un parti, elle vole à Turenne, d'où elle ramena quatre compagnies d'arquebusiers à cheval. Montal, instruit qu'elle revenait avec ce renfort, se posta
entre deux hauteurs pour lui fermer le passage ; mais
l'héroïne se précipitant avec furie sur cet obstacle, dès
le premier choc, le général Catholique ayant reçu un
coup mortel, les troupes royales prirent la fuite, et

le même jour , la dame de Miremont rentra triomphante dans son château.

(3o) D'ANJOU (Marguerite), femme de Henri VI , roi d'Angleterre. Ce royaume était alors divisé en deux partis ; l'un de la rose rouge qui tenait pour Henri , et l'autre de la rose blanche qui tenait pour Edouard. Henri VI ayant été défait près de Northampton , et fait prisonnier ; fut enfermé dans la tour de Londres. Marguerite lève promptement d'autres troupes et à leur tête défait à son tour l'armée ennemie, parvient à tirer son époux de sa prison et à le rétablir sur le trône. Le parti de la rose blanche reprit de nouvelles forces , et par une suite d'événemens malheureux , réduisit Henri et Marguerite à se réfugier en Ecosse. Marguerite ayant tout perdu hors son courage , passe en France, y sollicite des secours qu'elle obtient, et rentre à leur tête dans ses états. Sa nouvelle armée est entièrement défaite , et l'infortunée Marguerite se voit réduite à chercher son salut dans la fuite , seule et portant son fils unique entre ses bras. Arrivée à travers mille périls sur les bords de la mer , elle se jette dans une simple barque de pêcheur , qui la transporta en France. Elle y fait tant , qu'elle obtient de nouveaux secours avec lesquels rentrée en Angleterre elle continue de s'exposer aux fureurs des combats. Mais la fortune la traita plus cruellement que jamais. Vaincue et obligée de prendre la fuite , elle tomba entre les troupes victorieuses d'Edouard , qui la firent prisonnière et la mirent sur un chariot pour être transportée dans la tour de Londres. Marguerite resta pendant quatre années dans sa prison , et dut sa liberté à Louis XI , qui en fit une des conditions du traité de Pecquigny. Il ne resta à Marguerite que la gloire d'avoir soutenu dans douze batailles rangées , les droits les plus légitimes et les plus sacrés.

(31) BARBANÇON (Marie de), veuve de Jean Barret, seigneur de Neuvy-sur-Allier , se vit assiégée dans son château pendant les guerres civiles de France , par les troupes royales. Elle soutint ce siège avec la plus grande intrépidité. Les tours et les murs de son château ayant été renversés par l'artillerie , cette vaillante femme défendit elle-même la brèche la plus dangéreuse , une demi-pique à la main , et anima si bien ses soldats par son exemple que les assaillans furent toujours re-poussés avec perte. La famine seule la força de se ren-dre. Charles IX, instruit de la bravoure de cette femme, défendit d'en exiger aucune rançon , et ordonna qu'elle serait reconduite chez elle avec le plus grand honneur.

(32) URSINE, femme du premier comte de Guastala, e . dant l'absence de son mari , Guastalla fut assiégé par les Vénitiens. Ursine à la tête de la garnison , fit la plus belle défense. On la voyait partout , les armes à la main , donner ses ordres avec tout le sang froid du plus brave militaire. Elle fit plusieurs sorties , les commanda elle-même et fit un grand carnage des assié-geans , qu'elle força de lever le siège.

(33) C'était l'armure de Jeanne de Navarre, femme de Philippe-le-Bel , Roi de France , princesse remplie du plus brillant courage. En 1297, le comte de Bar ayant fait une irruption en Champagne , Jeanne y coûrut à la tête d'une armée , et par l'habileté de ses manœuvres , réduisit le comte presque sans coup férir , à se rendre prisonnier de guerre.

(34) Guillaume de Flavi , gouverneur de Com-piègne , fut poursuivi comme ayant fait prendre la Pucelle ; il n'évita la punition de son crime, que faute de preuves. Cependant l'histoire rapporte qu'il en reçut la peine de la part de sa femme, avec laquelle il vivait.

très-mal , et qui le fit mourir ; crime dont elle reçut
l'abolition, après avoir prouvé que son mari avait résolu la mort de cette vertueuse fille , et qu'il avait promis aux anglais de la leur livrer.

(35) Pierre Cauchon , évêque de Beauvais , était ,
quoique Français , zélé partisant des Anglais. Il solli-
cita et obtint du ministère d'Angleterre, une commis-
sion pour faire le procès à la Pucelle d'Orléans. Il
s'associa quarante-six ecclésiastiques , tant séculiers
que réguliers. Jeanne fut interrogée dans quinze séan-
ces. On lui fit les interrogations les plus captieuses ,
les plus extravagantes et les plus indécentes sur son commerce avec St.-Michel, Ste. Catherine, Ste. Marguerite;
sur sa virginité, sur les anges, sur les fées, sur l'amour
et la haine que Dieu pouvait avoir pour les Anglais et
les Français ; si St.-Michel avait des cheveux ; s'il lui
apparaissait nud ou habillé ; si Ste. Marguerite par-
lait anglais ; et mille autres questions de cette nature. On l'interrogeait confusément et sans ordre ;
plusieurs même l'interrogeaient ensemble , pour lui
faire perdre le fil de ses réponses , et elle ne put s'empêcher de leur dire plusieurs fois : *beaux Frères , faites
l'un après l'autre.* C'était les moines qui la tourmen-
taient le plus dans ces occasions. Jeanne Darc répondit toujours avec beaucoup de fermeté, sans se départir
de la modestie qui convenait à son âge et à son sexe.
Ses réponses étaient si sages et si prudentes , qu'elles
étonnaient ses juges iniques. Elle demanda qu'on lui
accordât un conseil comme mineure, n'étant âgée que
de dix-neuf ans ; ce qui lui fut impitoyablement re-
fusé. Quoiqu'elle ne fut que prisonnière de guerre , on
la traita avec une cruauté , telle qu'on ne l'exerce pas
envers les plus grands scélérats. Elle avait continuelle-
ment aux pieds une grosse chaîne de fer ; et la nuit on-

lui en mettait une autre qui embrassait tout le corps.
Trois soldats Anglais couchaient dans sa chambre, et
deux à la porte en déhors. Enfin, après l'avoir retenue
une année entière en prison, on la fit brûler vive
comme sorcière et magicienne, le 30 Mai 1431. L'évêque de Beauvais et tous ses juges assistèrent à son supplice sur un échaffaud dressé auprès du bûcher. Ses
cendres et ses ossemens furent jetés dans la rivière.
C'est ainsi que périt cette jeune héroïne, bien digne
des regrets et de l'admiration de l'univers.

(36) ELISABETH, reine d'Angleterre, avait toutes
les petitesses de son sexe. Elle était jalouse jusqu'à la
fureur de Marie, reine d'Ecosse, parce que celle-ci
était plus spirituelle, plus belle et plus jeune qu'elle,
et avait des droits légitimes sur son propre trône,
comme descendant de Henri VII. Marie d'Ecosse fuyant
son pays parce que ses sujets s'étaient révoltés contre
elle, à cause de son zèle ardent pour la religion de ses
pères, fit naufrage sur les côtes d'Angleterre. Elisabeth
au lieu de lui faire donner tous les secours que pres-
crivait son infortune, la fit arrêter, et la confina dans
une étroite prison, où elle la retint dix-huit ans entiers. Au bout de ce temps, sur des prétextes vains,
elle lui fit trancher publiquement la tête ; atrocité qui
l'a deshonorée à jamais. Elle eut plusieurs amans, et
quoiqu'elle prit peu de soin de sauver au moins les ap-
parences, elle avait la folie de vouloir passer pour Vierge.
C'est cependant cette femme que Mr. Hume, historien
d'Angleterre, prétend devoir être regardée comme la
première de son sexe. Quelle prétention ridicule !

(37) Les Anglais ont commis dans l'Inde des forfaits
sans nombre pour s'emparer de ce riche pays, et en
dépouiller les habitans. Ils s'y sont permis des vexa-

tions incroyables , et ont désolé ces belles contrées
dont ils ont extorqué des richesses immenses.

(38) Sous les règnes de Philippe de Valois , de Jean,
de Charles VI et de Charles VII , les Anglais ravagèrent la France et y commirent toutes sortes d'horreurs. Nicolas de Clémengis , auteur du temps , rapporte qu'avant le temps de la Pucelle , tout en France
n'était qu'injustice , désolations et brigandages de la
part des Anglais. Ils détruisaient les recoltes déja faites,
empêchaient les laboureurs de cultiver et d'ensemencer les terres , pillaient , enlevaient , brûlaient et sacageaient tout ce qu'ils rencontraient , tuaient et égorgaient tout ce qui fesait la moindre résistance. Aussi,
étaient-ils en exécration dans ce beau pays , sur lequel
ils croyaient étendre leur domination. Ce n'a été qu'après leur entière expulsion , que le royaume a commencé à se remettre de l'état affreux où ils l'avaient
réduit. Lorsque, nous avons eu quelques discussions
avec eux, ils ont toujours commencé par s'emparer de
nos vaisseaux marchands , sans aucune déclaration de
guerre , et contre le droit des gens. Ils n'ont jamais
négligé aucun moyen , quelqu'injuste qu'il fut , de
pouvoir s'emparer du commerce du monde.

(39) En 1346 , Édouard III , roi d'Angleterre , après
avoir gagné sur les Français la bataille de Creci , mit
le siège devant Calais. Les assiégés se défendirent avec
tant de courage , qu'Edouard vit périr devant cette
place la fleur de son armée. Il fut contraint de changer
le siège en blocus. Les assiégés réduits à la plus affreuse
famine, offrirent de se rendre à des conditions honorables. Mais Edouard irrité ne voulait les recevoir qu'à
discrétion. Cependant, sur les représentations de ses
généraux , il consentit de les recevoir à composition

pourvu que six des principaux citoyens vinssent lui apporter les clefs de la ville, tête et pieds nuds, et la corde au col, pour qu'il en disposât à son gré. A cette condition il promit d'accorder la vie au reste des habitans. Eustache de St.-Pierre fut le premier qui se dévoua pour sa patrie. Jean d'Aire, son cousin, Jacques et Pierre Wissan, et deux autres citoyens se dévouèrent pareillement. Dès qu'ils parurent devant Edouard, ils reçurent leur arrêt de mort. Ce prince ordonna qu'on fit venir le bourreau, afin de leur faire trancher la tête. Ses généraux le supplièrent vivement de révoquer cet ordre, lui représentant que les Français seraient en droit d'user de représailles. A toutes leurs supplications, Edouard se contentait de répéter d'un air sévère, *soit, fait venir le coupe-tête.* Enfin, l'épouse du roi d'Angleterre, qui se trouvait au camp, se jeta aux pieds de ce prince, et le supplia de lui accorder la grâce de ces généreux Français. Édouard la lui accorda avec regret, en lui disant: *Ah! Madame, que je voudrais vous savoir loin d'ici.*

(40) Mr. de Jumonville, officier Français, servant dans le Canada, fut chargé d'aller négocier une trève avec les Anglais, dans le temps que nous étions en guerre avec eux. Ceux-ci postèrent une embuscade sur la route de Mr. de Jumonville, dans laquelle donna cet officier, qui fut impitoyablement massacré avec toute son escorte, quoique revêtu du titre d'envoyé, titre sacré chez toutes les nations, même les plus barbares. Mr. Thomas, qui était membre de l'académie Française, a fait un poëme sur la mort de cet infortuné Français.

FIN DE...

Errata

Page 3 — vers 9

Tributaire — lisés Tributaires

P... 32 — vers 11. —

Scéphale — lisés céphale

P... 36 — vers 3

assurée — Lisés — Sûre

P... 59 — vers 15

Sa conviction — lisés La conviction

P... 67 — vers 16

après compagnon — 1 virgule —

www.ingramcontent.com/pod-product-compliance
Lightning Source LLC
Chambersburg PA
CBHW060437260626
47161CB00005B/1962